L'ÉPOUSE ET LA MÈRE.

ELLE ET MOI.

POÉSIES ÉLEGIAQUES,

PAR

Ed. GRUET

« Ma vie est devenue ennuyeuse à mon âme ;
je m'abandonnerai à mes plaintes ; je parlerai
dans l'amertume de mon âme. «

(JOB. X. 4.)

PRIX : **1 fr. 50** cent.

MARSEILLE	NIMES
CHEZ LES PRINCIPAUX LIBRAIRES	M. GARVE, ÉDITEUR
et chez l'Auteur, boulevard Baille, 8 B.	boulevard de la Comédie, 7

JUILLET 1873

2   3o

L'ÉPOUSE ET LA MÈRE.

ELLE ET MOI.

POÉSIES ÉLÉGIAQUES,

PAR

Ed. GRUET

« Ma vie est devenue ennuyeuse à mon âme ;
je m'abandonnerai à mes plaintes ; je parlerai
dans l'amertume de mon âme. «
(JOB. X. 1.)

« Je suis prêt à tomber, et ma douleur est
continuellement devant moi. »
(Ps. XXXVIII. 18.)

PRIX : **1** fr. **50** cent.

MARSEILLE
CHEZ LES PRINCIPAUX LIBRAIRES
ET CHEZ L'AUTEUR, BOULEVARD BAILLE, 8 B.

1873.

Marseille. — Typ. et Lith. Barlatier-Feissat Père et Fils, rue Venture, 19.

PRÉFACE.

I

Je n'ai pas, en traçant ce tableau littéraire,
Le projet d'imiter un froid spéculateur;
Car si j'ose toucher la harpe funéraire,
C'est pour qu'il s'en exhale un bruit consolateur.

Job, David, Jérémie et d'illustres victimes
D'un funeste destin, qu'ils ont tous célébré,
Ont ému bien des cœurs par leurs plaintes intimes,
Et c'est à leurs accents que mon luth a vibré !

Mais en nous dévoilant leurs peines sans pareilles,
Ils ont rendu fertile un funèbre terrain ;
Je veux donc à mon tour, en frappant les oreilles,
Sur ma plaie appliquer leur baume souverain !

Cette œuvre n'est donc point un labeur poétique
Qu'ait produite une vaine et sombre fiction,
Car de cet entretien le fond est authentique,
Mais j'ai laissé parler l'imagination !

Quiconque a ressenti la paix que nous procure
Jésus qui, comme nous, a répandu des pleurs,
Ne dédaignera pas d'ouïr la Muse obscure
Qui va sur les tombeaux déposer d'humbles fleurs.

IV

C'est le seul monument que le poète fonde,
Car si la rêverie a pour lui des saveurs,
La Fortune, insensible à sa peine profonde,
Ne lui fait pas souvent éprouver ses faveurs !

II

Plus d'un ami sincère, en prenant ma défense,
Désapprouve mon titre : ELLE ET MOI, c'est hardi,
Paul a pourtant osé, sans commettre une offense,
Aux païens emprunter plus d'un mot applaudi (1).

Si quelque grand songeur que le génie enflamme (2),
Exalta sous ce nom un amoureux projet,
Moi, je cherche aux lueurs d'une céleste flamme,
A le sanctifier par un plus grave objet.

III

La douleur fut toujours pour moi la source amère
Où j'allais m'abreuver de flots rafraîchissants,
Jeune encor je chantai : LA TOMBE DE MA MÈRE (3).
Dont je rapporte ici les vers attendrissants !

(1) « Car c'est par lui que nous avons la vie, le mouvement et l'être ; selon que quelques-uns de vos poètes ont dit : « Nous sommes aussi la race de
Dieu. » (Actes XVI. 28.)

(2) PAUL DE MUSSET et GEORGES SAND.

(3) *Les chants du tombeau,* poésies publiées en 1842. Voir à la fin du vo-
lume cette pièce. Le lecteur pourra juger s'il y a décadence ou progrès.

« Si tu veux toucher tous les côtés du cœur de l'homme, chante la mort
et la douleur. Tous la craignent ou la connaissent. La joie est un trésor
possédé seulement par quelques élus. »
                                                    RUCKERT.

La jeunesse aujourd'hui si folle, si rieuse (1),
Et qui garde si peu ces souvenirs touchants,
A peut-être besoin qu'une voix sérieuse
Fasse renaître en eux ces austères penchants (2)!

Je m'attire peut-être une froide critique
De ceux pour qui la rime est un son discordant;
Mais si des noirs sentiers j'aime l'ombre mystique,
C'est qu'ils m'offrent toujours un parfum fécondant!

Car en portant mes pas dans l'Empire funèbre
Où j'écoute les bruits lointains, mystérieux,
Je me suis incliné devant tout nom célèbre
Qui rappelle des faits brillants et glorieux!

Notre pays qu'agite une foule en démence (3),
Sent que pour relever notre faible niveau,
Il faut que de la foi la divine semence
Produise dans les cœurs ce miracle nouveau.

(1) « Le rire est une insulte au malheur. »

(Proverbe latin.)

(2) Ceux qui se moquent des penchants sérieux aiment sérieusement les bagatelles.

VAUVENARGUES.

(3) L'histoire, comme ce qui se passe de nos jours, nous enseigne que la populace n'a pas **toujours été seule** à produire de l'agitation.

Quoiqu'il en soit, qu'elle vienne d'en bas ou d'en haut, nous la redoutons parce qu'elle nous fait toujours reculer de quelques pas dans la voie du progrès et de la paix universelle, qui doit être le but constant du philosophe et du chrétien.

Nous avons exprimé ces idées dans des lectures publiques faites *au profit des blessés*, au siége de la *Ligue Marseillaise de l'Enseignement* et ailleurs, de poésies nationales intitulées : *Appel à la France et aux Nations ;* mais ce cri d'alarmes, cette voix d'apaisement poussée au milieu des discordes civiles a été étouffée comme tant d'autres par le bruit de la rue, et si nous en parlons ici, c'est pour rappeler que, lorsque le soldat verse son sang pour la Patrie, le poète doit aussi lui payer son tribut.

VI

A l'œuvre! à l'œuvre donc, âmes patriotiques,
Qui gémissez encor de désastres récents.
Faisons, même au milieu de revers domestiques,
De l'Evangile au loin retentir les accents! (1)

IV

Je livre, je le sais, mon humble sanctuaire
Aux regards indiscrets du méchant, du railleur,
Mais ils emporteront de ce toit mortuaire
La vive impression qui rend l'homme meilleur!

Voilà l'ambition qui sans cesse m'anime :
Mettre sur mon calvaire ainsi mon cœur à nu,
Et, disciple soumis d'un Maître magnanime,
Attirer dans mes bras ceux qui m'ont méconnu!

Si ma lyre ne rend qu'une faible harmonie.
Malgré tant de leçons que le malheur m'apprit,
Je redirai sans crainte avec un grand génie:
« C'est par le cœur qu'on plaît bien plus que par l'esprit »(2)!

(1) « L'amour de la Patrie commence à la famille. »
                                                    BACON.
(2) CORNEILLE.
« Il y en a qui préfèrent le langage de l'esprit à celui de l'âme, à peu près
comme ces personnes qui sont indifférentes au spectacle d'une nuit étoilée et
qui courent après les feux d'artifice. »
                                                    RICHER.
(Du cimetière, du 18 novembre 1872 au 18 mai 1873).

L'ÉPOUSE ET LA MÈRE.

ELLE ET MOI.

————•✕✕•————

L'ÉPOUSE.

————

I

LE DIALOGUE ÉTERNEL SUR UN LIT DE MORT.

ELLE.

« Je sens à la rigueur du froid qui me pénètre,
Que le trépas va mettre un terme à mes douleurs,
Mais je voudrais revoir, à travers la fenêtre,
De l'astre étincelant les brillantes couleurs (1)!...

« Ah! oui, laissez entrer la lumière éclatante!...
Là-bas, sur le coteau d'arbustes recouverts,
J'aperçois la demeure où craintive, flottante,
Je cherchais le repos à l'ombre des pins verts!

————

(1) Les mots en caractères italiques sont textuels Les voici en prose tels qu'ils ont été dits : « S'il faisait jour, je voudrais qu'on ouvrît la fenêtre pour voir encore une fois les arbres, les champs, les montagnes, etc. »

« O désenchantement cruel, épouvantable !
Ces lieux où tout semblait sourire à mon dessein
Ont causé tout-à-coup la crise redoutable
De ce mal effrayant qui me ronge le sein !...

II

« J'aimerais à sentir la rose printanière,
A m'asseoir avec vous sur le riant gazon,
A voir le ciel sourire à mon heure dernière,
A plonger mes regards dans l'immense horizon !...

« N'avez-vous pas ouï la joyeuse harmonie
Du Barde des forêts qui chante le printemps ?
Oh ! quand reviendra donc cette saison bénie ?...
Dois-je pour la revoir attendre encor longtemps ?

« Je voudrais (mais peut-être est-ce bien téméraire) ?
Prendre enfin mon essor vers le pays natal...
Vous ne répondez pas, car ce lit funéraire
Me prépare sans doute un voyage fatal !

« *Que dira mon vieux père* (1) ?... O nouvelle effroyable !
Oui, je veux adoucir ses regrets déchirants !...
Voyons, ne sois donc pas cruel, impitoyable,
Et viens, toi, viens au moins guider mes pas errants !...,

« Non, non, restez, j'entends à travers la colline
L'Aquilon qui descend au fond du noir ravin,
Et se mêlant au bruit de l'onde cristalline,
Chante de l'Univers l'Architecte divin !

(1) Textuel : « Que dira mon père, lui si vieux et pourtant si jeune ! »

« Oh! prêtez tous l'oreille à ce vent qui m'arrive
Et qui fait soupirer les échos d'alentour,
Peut-être a-t-il passé sur la lointaine rive
Où mes parents craintifs attendent mon retour !

« Oui, j'aime ces sanglots qu'exhale la campagne,
Ils répondent aux vœux de mon cœur abattu.
Toi, qui par tes conseils raffermis ta compagne,
De mes nombreux souhaits, dis-moi, que penses-tu ?

III

LA RÉPONSE CHRÉTIENNE
A L'INTERROGATOIRE SUPRÊME.

MOI.

« Il est ailleurs des lieux où de pures délices
Répondent aux désirs des élus radieux,
Où sur leurs harpes d'or les célestes milices
Font retentir au loin des chants mélodieux !

« Sur un trône éclatant par sa magnificence,
Règne le Créateur des superbes parvis,
Il donne aux rachetés, avec munificence,
La couronne qui brille à leurs regards ravis ?

« La souffrance, le deuil qui sont notre partage,
Et dont le poids abrége ici-bas nos instants,
N'assombrissent jamais le splendide héritage
Qui nous est réservé dans ces lieux éclatants (1) !

---

(1) « Dieu essuiera toute larme de leurs yeux ; et la mort ne sera plus, il n'y aura plus ni deuil, ni cri, ni douleur, parce que les premières choses sont passées. »   (Apoc. XXI. 4.)

« C'est là notre idéal, ton œil s'en illumine ;
Notre cœur déchiré bat au même unisson,
Mais la réalité du mal qui te domine
Me torture, et ma voix ne rend qu'un faible son !...

IV

ELLE.

LA CONFESSION.

« *Parle, parle toujours*, j'ai besoin de t'entendre
Pour calmer de la mort les secrètes terreurs,
A ce bonheur parfait je n'oserais prétendre,
Moi que troublent ici mes péchés, mes erreurs !

V

MOI.

L'ABSOLUTION.

« Tu t'abaisses !... Ce signe est un heureux présage !
Tu comprends ta misère et ta fragilité !
Mais Jésus, qui t'éclaire en ce sombre passage,
Sait quelle est ta candeur et ton humilité (1).

(1) « On a tort de croire que les sentiments naïfs et la *candeur* de l'esprit soient le partage exclusif de la jeunesse : ils ornent parfois la vieillesse, sur laquelle ils semblent répandre un chaste reflet des grâces modestes du premier âge, et où ils brillent du même éclat que ces fleurs qu'on voit éclore fraîches et riantes au sein des ruines. »
                                        POINCELOT.

« Quelle épouse, et surtout quelle mère accomplie
A mieux de ses devoirs supporté la rigueur !
Ah ! oui, ta mission fut saintement remplie
Malgré tes longs ennuis, tes soucis, ta langueur.

« Mais le fatal orgueil qui s'attache à notre âme,
Comme pour en ternir les aspirations,
De nos jours les plus purs ternit la noble trame
Et laisse sans valeur nos bonnes actions !

« Ainsi donc pour Celui qui seul nous justifie,
Cet amour maternel et ses rares vertus
Sont un haillon souillé que son sang purifie,
Et dont nous devons tous paraître revêtus (1) !

« Contemple le Calvaire où la foule injurie
Le seul juste qui meurt dans un triste abandon ;
On ne l'entend, hélas, répondre à leur furie
Que par des mots d'amour, de grâce, de pardon !

« C'est pour toi, c'est pour nous qu'à cette heure il expire,
Par ce sublime exemple, il t'enseigne à souffrir,
Et pour te relever, c'est Lui seul qui m'inspire
Quand j'exalte les biens que sa mort vient t'offrir (2)!

(1) « La mort nous dépouille de nos biens et nous habille de nos œuvres. »
J. PETIT-JEAN.
« Or, nous sommes tous devenus comme une chose souillée, et toutes nos
justices sont comme le linge le plus souillé ; nous sommes tous déchus comme
la feuille, et nos iniquités nous ont transportés comme le vent. »
(Esaïe LXIV. 6.)
(2) « Le Christ a souffert pour vous, vous laissant un exemple pour que
vous suiviez ses traces. »
(I Pierre II. 21.)

« Tu sais que sa parole est la puissante armure
Qui de tous leurs combats délivre les chrétiens,
Bannis donc loin de toi la crainte, le murmure,
Et la foi qui te sauve affermira les tiens (1).

« Puisque tu te repens, et que ton cœur renonce
Au péché que tout homme ici-bas a commis,
Au nom du Rédempteur, ô femme, je t'annonce
Que par son sang divin les tiens te sont remis (2)!

« Eglise, jeunes gens, témoins de ma détresse,
Venez près de ce lit comme au pied d'un autel.
Ecoutez, écoutez la pieuse prêtresse
Qui va vous faire ouïr un discours immortel!

VI

ELLE.

JOIE DU SALUT PAR GRACE.

« *Oh! d'où vient que ma joie est encore obscurcie?*
Retrouve-t-on là-haut nos enfants, nos maris?
Oui, dis-tu? Je le sens, ma peine est adoucie,
Car vous me reverrez, ô vous que je chéris!

(1) « Crois au Seigneur Jésus-Christ, et tu seras sauvé, toi et toute ta famille. » (Actes XVI. 31.)
(2) « Les péchés seront remis à ceux à qui vous les remettrez. »
(*Jean XX. 23.*)

« O consolation suprême, incomparable!
Que l'Eternel m'accorde à mes derniers moments!
Il me garde un époux dont la voix secourable
En me parlant du ciel adoucit mes tourments!

« Quand pour lui sonnera l'heure que je redoute,
Où nous disons au monde un éternel adieu,
S'il était agité par la crainte ou le doute,
Oh! parlez comme lui de la bonté de Dieu!

« Mais pour que vous puissiez remplir ce saint message
Il faut vous éloigner d'un monde suborneur;
Des devoirs du chrétien faire l'apprentissage
Et trouver dans la foi la paix et le bonheur!

« Je ne serai pas là pour calmer sa souffrance,
Mais vous, vous y serez, je l'espère, du moins,
Et malgré mes ennuis, j'ai la douce assurance
Qu'il sera soutenu par de pieux témoins.

« C'est à tous les enfants que le monde renferme
Que je donne en ce jour ce salutaire avis:
De montrer dans le deuil un cœur soumis et ferme
En marchant aux sentiers que Jésus a suivis (1).

« Souvenez-vous surtout, dans cette dure épreuve!
Que l'Evangile seul féconda nos efforts,
Et que cette influence est pour vous une preuve
Qu'il rend dans le malheur les faibles grands et forts.

---

(1) Ces conseils, ainsi que tous ceux que la malade adresse à ses enfants,
doivent être, en effet, pris dans un sens général, car le lit d'une mourante est
une chaire chrétienne autour de laquelle le pédagogue réunit non-seulement
les siens, mais aussi cette autre famille beaucoup plus nombreuse et qu'il doit
instruire à l'école du malheur.

« L'Athéisme ne peut produire ces miracles,
Il aspire à briser notre divin flambeau;
Mais vous fuirez toujours ces prétendus oracles,
Qui n'ont nulle espérance au de-là du tombeau!

« Oh! quel serait mon sort en cet instant suprême!
Où tout autour de moi devient sombre, effrayant,
Si pour calmer l'excès de ma douleur extrême
Je n'avais d'autre espoir hélas! que le néant!

VII

L'INVOCATION.

« Oh! oui, je puis te dire, ô Sauveur adorable:
Je crois que dans ton sein tu vas me recevoir,
Et que toi seul produis la joie inaltérable
Que les hommes sans toi ne peuvent concevoir.

« Il est un mot divin, ô Christ! que je répète
Quand l'aspect du trépas me frappe de stupeur,
C'est celui que tu dis au sein de la tempête
Aux apôtres troublés : « C'est moi, n'ayez point peur (1).

« Peut-on voir sur la terre un plus affreux orage
Que celui qui me cause un douloureux transport,
Et cependant ta voix relève mon courage
Et ta main doucement me conduit vers le port!

(1) Marc, VI. 50.

« Seigneur, que les objets de ma vive tendresse,
Et ceux dont nos conseils assurent l'avenir
Se montrent tous émus des vœux que je t'adresse
Et sachent en garder un pieux souvenir!

« Que l'honneur et la foi soient leur seule devise,
Et qu'en se soumettant au pouvoir paternel,
Ils foulent à leurs pieds l'intérêt qui divise
Et devient si fatal à l'amour fraternel (1).

VIII

L'ADIEU AUX AMIS ET AUX ENNEMIS.

« Ah! si devant la mort aujourd'hui je frissonne,
Je n'ai point à trembler devant aucun humain,
Car vous savez bien tous que je ne hais personne,
Et qu'à mes ennemis je serre ici la main!

« Comme je demeurais sous mon toit solitaire (2)
Où l'on pratique seul le culte en vérité (3),
Plusieurs en condamnant ce goût héréditaire
Ont peut-être parfois manqué de charité (4)!

(1) « Mon fils écoute l'instruction de ton père, et n'abandonne point l'ensei_
gnement de ta mère.
« Car se sont des grâces assemblées autour de ta tête et des colliers autour
de ton cou. »
                                        (*Prov.* I-8-9.)
« Embrasse l'instruction, ne la lâche point ; garde-là, car c'est ta vie. »
                                        (*Prov.* IV-13.)
(2) « Le premier indice du bonheur domestique est l'amour de sa maison. »
                                M. DE MONTLOSIER.
3) « Dieu est esprit, et il faut que ceux qui l'adorent l'adorent en esprit et
en vérité. »
(4) « Ne jugez point, afin que vous ne soyez point jugés. Car on vous jugera

« Oh! si je m'en souviens, c'est pour faire comprendre
Que l'on peut quelquefois se tromper en jugeant,
Et que dans ses discours Jésus savait reprendre
Tous ceux qui lui donnaient ce spectacle affligeant.

« D'autres, dont l'âme tendre à nos maux s'associe,
Autour de mon chevet sont venus prier Dieu,
Oh! dites-leur à tous que je les remercie,
Et bénis leurs beaux noms dans mon dernier adieu!

« Pour vaincre nos frayeurs la femme a bien des armes
Que l'homme n'eut jamais malgré tout son talent;
J'en ai vu dont la voix m'a révélé des charmes
Qui s'épanouissaient sous leur toit opulent!

« Epouses des pasteurs, vous avez un beau rôle
Et vous savez aussi noblement l'accomplir,
Quand vous venez prier ou lire la Parole;
N'est-ce pas une tâche admirable à remplir?

« Si le riche savait le bien qu'il peut produire
En faisant au malade un favorable accueil,
Oh! comme on le verrait plus souvent s'introduire
Sous le foyer troublé par l'ombre du cercueil!

« Ils n'entrent pas toujours sans doute dans nos vues.
Tu le sais toi, surtout, ô mon pauvre rimeur!
Mais il savent sentir nos douleurs imprévues
Qui peuvent quelquefois assombrir leur humeur! (1)

du même jugement que vous aurez jugé; et on vous mesurera de la même
mesure que vous aurez mesuré les autres. « Ou comment dis-tu à ton frère :
Permets que j'ôte cette paille de ton œil, toi qui as une poutre dans le tien. »
(Matthieu. VII, 1-4.)

(1) « Beaucoup de mécomptes et d'amertumes sont épargnés à celui dont

« S'ils ne répondent pas au penchant qui t'attire,
C'est qu'ils craignent, peut-être avec quelque raison,
Que la rime aiguisant les traits de la satire
Ne te fasse abreuver de son mortel poison.

« Pour te faire écouter la voix de l'indulgence,
Quand l'égoïste suit ses sentiers tortueux,
Songe au riche éclairant la faible intelligence
De ceux qu'il cherche à rendre aimables, vertueux.

IX

MOI.

« Oui, je veux comme toi bénir la Providence,
Et s'il faut que je meure, eh bien, je te suivrai;
Mais si de nos malheurs je fais la confidence,
Je veux avoir le droit d'être sincère et vrai (1).

la pensée se porte naturellement sur ce qu'il doit aux autres plutôt que sur ce
qu'il a le droit d'en attendre. »

Mᵐᵉ GUIZOT.

(1) « Aussitôt qu'une pensée vraie est entrée dans notre esprit, elle jette
une lumière qui nous fait voir une foule d'autres objets que nous n'apercevions
pas auparavant. »

CHATEAUBRIAND.

X

A QUOI PEUVENT SERVIR LES LIVRES SAINTS
ET LES CANTIQUES
A NOTRE DERNIÈRE HEURE.

ELLE (1).

« *Je voudrais qu'on me fît sans cesse des lectures*
De ce livre divin qui me raffermit tant,
Et surtout qu'on priât pour calmer mes tortures,
Car je souffre beaucoup en ce cruel instant!

« *Redis-moi, si tu peux, les sublimes cantiques*
Dont j'aime à bégayer les refrains consolants,
Quand pour me recevoir les célestes portiques
Paraissent à mes yeux s'ouvrir étincelants.

XI

MOI.

« J'ai chanté bien des fois en dévorant mes larmes
Sous le coup de l'épreuve ou des traits des méchants,
Et je vais aujourd'hui, brisé par mes alarmes,
Etouffer mes sanglots pour te dire ces chants :

(1) Nous le répétons : il n'y a aucune fiction dans ce récit. Ces deux cantiques ont été réellement demandés par la mourante, qui les répétait avec un
saint ravissement.

« J'ai un bon père qui m'attend aux cieux,
Il me dit: Viens! jé vais à lui,
J'y veux aller dès aujourd'hui.
Oui, je vais! oui, je vais m'en aller aux cieux.
Jésus dit: Viens! je vais à lui!

. . . .

Viens, ô Jésus! régner sur cette terre,
Viens te montrer puissant et glorieux,
Nous t'attendons, reviens du haut des cieux,
Sécher nos pleurs, finir notre misère (1).

XII

L'AGONIE.

MOI.

« Oh! détournez les yeux de ce spectacle horrible!
Silence, mes enfants! à genoux! à genoux!
Voici l'heure fatale... ô Dieu! quel coup terrible
Tu vas dans un instant laisser tomber sur nous!

« Pas de cris... calmez vous... comme elle me regarde!
Prions... mais le pasteur, il faut le prévenir...
Non, restez... O Seigneur! sois notre sauvegarde!...
O vous qu'elle aimait tant, qu'allez-vous devenir!

(1) Ces deux versets son extraits d'un recueil de cantiques à l'usage du culte de l'Eglise réformée.

« Démons, portez ailleurs vos ombres infernales?
Car l'esprit du Très-Haut se répand en ces lieux;
Chérubins, déployez vos ailes virginales,
Car un ange avec vous va remonter aux cieux!

« Oh! quel râle effrayant!... quelle pâleur mortelle!..
A qui pendant la nuit pourrai-je avoir recours?...
Elle parle!... Ecoutez!... « A Jésus seul! » dit-elle?
Oh! oui, sachons ensemble implorer son secours!...

XIII

LE DERNIER SOUPIR.

ELLE.

« *Il tarde de venir* l'Epoux qui m'a guérie
De tant d'autres tourments qu'autrefois je subis;
C'est le divin Pasteur qui dans sa bergerie
Appelle avec amour sa plaintive brebis!

« *Je crois que vous avez encor quelque espérance*,
Mais moi, je n'en ai plus, je parle sans détour.
J'attends, *j'attends en paix l'heureuse délivrance*,
Et surtout près de moi votre prochain retour!

« O mes enfants! la mort va fermer ma paupière,
Approchez-vous donc tous... mais sans verser des pleurs,
Gardez-les pour le jour où sur la froide pierre
Vous viendrez tristement déposer quelques fleurs!

« O toi qui sur la croix terminas ta carrière
Au milieu de bourreaux farouches, inhumains,
Laisse-moi répéter ta dernière prière :
« *Je remets mon esprit, ô Père, entre tes mains !* » (1)

XIV

DEVANT LE CADAVRE.

MOI.

« Quoi le ciel m'a ravi la moitié de moi-même !
Celle qui soutenait mes pénibles travaux,
Et qui pendant trente ans releva mon front blème
Que faisaient incliner les traits de mes rivaux !

« Malgré bien des ennuis et des ingratitudes,
Qui sont toujours le lot des humbles travailleurs,
Je m'avançais joyeux, fuyant les multitudes,
Vers l'aurore où pour nous brillaient des jours meilleurs.

« Désormais pour marcher à pas fermes, agiles,
Dans le rude sentier qu'un penseur doit franchir,
il ne me reste plus que des appuis fragiles
Qui doivent de mon joug tôt ou tard s'affranchir !

(1) *Luc.* XXIII. 46.
« Quand le juste meurt, la terre perd une fleur de sa couronne. »
(*Prov. juif.*)

« Voilà de ma jeunesse, ô penser qui me navre,
Celle qui fut le guide et l'aimable soutien !
Je n'ai plus devant moi qu'un horrible cadavre
Qui ne peut plus répondre à mon doux entretien !

« Charmes de son printemps qu'ont flétris tant d'années
De souffrances, de deuil et de chagrins secrets ,
Vous allez devenir comme des fleurs fanées
Que foulent sous leur pieds les passants indiscrets !

Et que restera-t-il d'un être périssable
Qui répondait naguère à mes transports divers ?
Quelques noirs ossements couverts d'herbe et de sable
Qui disparaîtront même après quelques hivers !

Et j'ai pu , sur le bord d'un abîme effroyable
Contempler sans mourir ce spectacle d'horreur ;
Et lorsque j'invoquais un ciel impitoyable ,
Je n'ai pas fait entendre un seul cri de fureur !

« Lorsqu'un lâche assassin de son glaive nous frappe,
Contre lui nous pouvons armer nos bras vengeurs ,
Mais la hideuse Mort à la vengeance échappe
Et se rit même , hélas ! de nos regrets rongeurs !

« O Fille du péché, je te hais , je t'abhorre ,
Et puisque ton vainqueur brisa tes aiguillons (1) ,
Je baise avec respect le drapeau qu'il arbore
Et suis avec ardeur ses sacrés bataillons !

(1) « O mort, où est ton aiguillon ? O sépulcre, où est ta victoire ? »
(Cor. XV. 15.)

« Avant de l'emporter, oh! laissez-moi de grâce,
Mes pauvres orphelins, venir comme autrefois,
En sachant dignement subir notre disgrâce,
Embrasser ce front pur une dernière fois !

XV

LE LENDEMAIN.

Maintenant je n'ai plus, en de telles alarmes,
Qu'à fléchir sous le poids de tourments inouis,
Car depuis ce trépas, qui fait couler mes larmes,
Mes rêves de bonheur se sont évanouis !

A cette heure, saisi de crainte, d'épouvante,
Où le danger inspire une sainte ferveur,
J'ai vu de Jésus-Christ la fidèle servante
De sa grâce ineffable éprouver la saveur !

Ah! si j'avais douté du Dieu qui nous délivre,
J'en aurais reconnu le souverain pouvoir
Lorsque priant près d'elle, ou lisant le saint Livre
Elle montrait le ciel en disant : *Au revoir !*

Et cependant, malgré sa paix qui me rassure,
Le malheur sur moi frappe à coups si redoublés,
Que je laisse crier la voix de ma blessure
Pour rendre un peu de calme à mes esprits troublés !

Que la vie est pour moi triste, décolorée,
D'autres revers encor mes jours sont menacés.
Ah! je puis bien te dire, à toi, mère adorée,
Que tes maux sont finis et les miens commencés!

Mais ton exemple au sein d'une souffrance horrible
M'enseigne à supporter le sort qui me confond,
Je ne me roidis pas contre le bras terrible
Qui me soutient au bord de l'abîme profond!

Comme un illustre Hébreu qui, dans son infortune,
Voyait ses horizons couverts d'un noir linceul,
Au déclin de mes ans, dont le poids m'importune,
Je vais vers le tombeau m'avancer triste, et seul!

Mais que dis-je? Où m'entraîne un trouble involontaire,
Non, je ne serai pas toujours seul, isolé,
Car Celui qui mourut sur la croix, solitaire,
Veut que je sois par lui soutenu, consolé!

XVI

A JOB.

Toi qui sur ton fumier exprimas la pensée
Que ton berceau devait être à jamais maudit,
Tu vis ta patience au moins récompensée
Par tous les biens perdus que le Ciel te rendit? (1)

---

(1) « Que le jour auquel je naquis périsse, et la nuit en laquelle il fut dit :
Un homme est né. »

(*Job* III. 3.)

Mais moi, puis-je nourrir une telle chimère ?
Non, non, nul pour répondre à nos cœurs oppressés,
Ne nous rendra jamais l'épouse ni la mère
Qui prodiguait aux siens tant de soins empressés !

Je conserve pourtant une douce espérance
Qui peut seule calmer mes regrets superflus :
Ce sera quand l'Auteur de toute délivrance
Me fera remonter vers ceux qui ne sont plus !

Oui, l'amour, l'amitié que le Ciel a fait naître
Et ces tendres liens par ses lois consacrés,
En nous suivant là-haut nous feront reconnaître
De ceux que nous pleurons, les traits chers et sacrés !

La parole du Christ ne peut être un mensonge :
Notre âme avec les saints est en communion,
C'est l'échelle où Jacob voyait dans un doux songe
La terre avec le ciel former leur union ! (1)

XVII

Tu ne l'ignorais pas, ô toi héros antique
Qui nous émeus encor par un écho lointain,
Car tu sus nous montrer à ta voix prophétique
Qu'il est pour l'infortune un refuge certain !

(1) « Je crois à la communion des Saints. »
(*Symbole des Apôtres.*)
« Prenez garde de ne mépriser aucun de ces petits ; car je vous dis que leurs anges voient sans cesse dans les cieux la face de mon Père qui est aux cieux, etc. »
(*Math.* XVIII. 10.)
« Nous sommes environnés d'une si grande nuée de témoins. »
(*Hébreux* XII. 1.)

Celle qui partageait jadis ton opulence,
Contempla d'un œil sec ton corps rongé de vers,
Mais en la contraignant à garder le silence
Tu sus la conserver pour charmer tes hivers!

Moi, j'ai vu les horreurs d'une lente agonie,
Mes yeux en ont suivi les progrès accablants;
Le jour comme la nuit, brisé par l'insomnie,
J'ai relevé les miens effrayés et tremblants!

Toi, tu fus en naissant riche, heureux, populaire,
Moi depuis mon berceau j'ai travaillé toujours,
Et lorsque du repos j'attends le doux salaire,
Dieu me ravit l'espoir et l'appui des vieux jours!

Quand tes fils périssaient c'était loin de ta vue,
Tu n'as donc pas ouï leur dernier entretien:
Ainsi quand je subis cette perte imprévue.
Mon malheur, tu le vois, est plus grand que le tien!

J'ai pour ma foi, jadis, renversé l'édifice
D'un superbe avenir, fruit de labeurs constants,
Mais rien n'est comparable au cruel sacrifice
De celle qui charmait autrefois mes instants.

Femmes qui m'écoutez, ma douleur vous relève,
Car le plus grand des biens dont je pleure l'attrait,
C'est l'Epouse et la Mère, à qui ma lyre élève
Cet autel où je peins votre aimable portrait!

XVIII

Si des amis fâcheux ont blessé ton oreille,
J'en ai vu qui croyaient qu'en tout temps, en tous lieux,
Le chrétien qui subit une épreuve pareille
Doit, s'il n'est infidèle, « être toujours joyeux ! » (1)

Des jeunes et des vieux (les fous sont de tout âge)
Veulent que l'affligé gémissant, affaibli,
S'enivre des plaisirs qui sont leur seul partage
Et laisse tous ses morts dans un funeste oubli !

D'autres, en exaltant le courage héroïque,
Pensent nous consoler par de pompeux discours :
Il faut que l'homme soit intrépide, stoïque ;
Et de la raison seule attende son secours !

Oui, mon âme repousse une telle torture !
Laissez mon cœur brisé, prier, pleurer, gémir,
Laissez, laissez crier la voix de la nature
Qui sur l'aile du Temps saura me raffermir ! (2)

(1) *Thessal.* IV. 16.
Près d'une tombe à peine fermée, on peut dire : « Soyez joyeux dans
l'espérance, patients dans l'affliction » (*Rom.* XII.12.) Mais non : « Soyez toujours joyeux. » Ce serait, selon moi, une antithèse horrible et d'une amère
ironie que l'inexpérience seule de la vie pourrait excuser.

(2) Le plus bel objet de l'Univers, dit un certain philosophe, est un honnête
homme aux prises avec l'adversité : Il y en a cependant un plus bel encore, c'est
l'honnête homme qui vient le soulager.

GOLDSMITH,
Le Vicaire de Wakefield.

Laissez-moi m'alléger du fardeau qui m'oppresse,
Je ne puis supporter seul un si grand revers !
J'ai besoin que la foule autour de moi s'empresse,
Car je veux comme Job instruire l'univers !

Laissez-moi répéter à ce monde folâtre
Que s'il ne se repent de sa perversité
Et n'abandonne pas les biens qu'il idolâtre,
Il sera sans appui contre l'adversité ! (1)

XIX

O vous qui prononcez cette parole dure,
Lorsque vous lutterez contre un semblable écueil,
Et que vous connaîtrez les tourments que j'endure,
Vous me ferez, sans doute, un moins cruel accueil !

Non, non, comme Rachel, je ne veux point entendre
De consolations de tous ces vains mortels,
Car tout ce que la voix humaine a de plus tendre
Ne vaut pas un soupir au pied des saints autels !

(1) Herder et Schiller voulurent se faire chirurgiens dans leur jeunesse,
mais le destin le leur défendit. « Il existe. leur dit-il, des blessures plus pro-
fondes que celles du corps, guérissez-les ! Et tous les deux écrivirent.
JEAN-PAUL.

XX

ICI ON EST ÉGAUX.

Entrons dans le royaume où les grands dignitaires,
Qui foulaient sous leurs pieds la veuve et l'orphelin,
Ont subi le pouvoir des lois égalitaires
Qui mêlent aux haillons la pourpre avec le lin.

Là je sens que la main d'un Maître tutélaire
N'a pas de mon œil terne enlevé tout bandeau,
Et debout, méditant sur le roc tumulaire
Je fléchis malgré moi sous un pesant fardeau !

A travers ces débris errant à l'aventure,
Je vois plus d'un beau nom par le temps effacé,
Bientôt d'autres viendront, après ma sépulture,
Rêver en soupirant sur mon marbre glacé !

Là, je sonde à loisir les terribles mystères
D'une vie agitée, où l'homme se débat
Souvent pour se soumettre à des dogmes austères,
Et n'a que la souffrance au terme du combat !

Tandis que les mondains, avec leurs railleries,
Ne songent qu'à vider la coupe des plaisirs,
Et marchent fièrement dans des routes fleuries
Où chacun satisfait tous leurs mauvais désirs !

Mais voici que pour eux sonne la dernière heure,
Tandis que le remords accable le pervers,
Le juste, que chacun regrette, honore et pleure,
Reçoit là-haut le prix de ses travaux divers.

XXI

MON ÉPITAPHE.

J'aperçois sous le sol, qui m'ouvre ses entrailles,
Des époux sur leur lit, de noirs linceuls paré,
Moi, lorsque l'on fera mes humbles funérailles,
De l'objet de mes chants je serai séparé.

Car mes rudes travaux et ma constante étude,
Pour former des petits le cœur et le cerveau,
Ne produiront jamais assez de gratitude
Pour nous faire dormir dans le même caveau.

Si jamais ELLE ET MOI dépassait mon attente
Et pût faire honorer les restes d'un rêveur,
Je voudrais qu'estimant les efforts que je tente,
L'Eglise que je sers me fît cette faveur.

Mon épitaphe écrite en sombres caractères,
Comme le fut le sort de modestes auteurs,
Contiendrait quatre vers pour mes imitateurs,
Qui de la mort aussi sonderaient les mystères :

« Ma seule ambition fut toujours de pouvoir.
« Conduire la jeunesse au sentier du devoir,

« Et, semant un bon grain dans ce terrain fertile,
« D'être un chrétien fidèle et citoyen utile » (1).

Plus d'un lecteur sourit, sans doute, à ces désirs,
Que n'ont jamais formés des poètes illustres,
Mais quiconque au travail consacra tous ses lustres,
Et dans l'épreuve même y charma ses loisirs (2).

(1) « L'homme le plus parfait est celui qui est le plus utile à ses frères. »
(Verset du *Coran*).

« J'ai connu des hommes ayant de bonnes qualités, qui étaient très-utiles aux autres, mais sans utilité pour eux-mêmes : comme une montre solaire sur la façade d'une maison, qui indique les heures aux voisins et à ceux qui passent mais non au propriétaire. »
SWIFT.

« Il n'y a rien en quoi les hommes soient réputés imiter Dieu de plus près qu'en s'employant charitablement pour le profit d'autrui ; considérez que ce n'est pas pour vivre solitairement, comme des sauvages et à la façon des bêtes brutes, que nous sommes mis ici, mais pour y vivre en compagnie et y apporter ce que Dieu a départi à chacun. »
Le président LA PLACE.

« Ne soyez point paresseux à vous employer pour autrui. »
Romains, XII. 11.

(2) « Plus j'avance dans la carrière de la vie et plus je trouve le travail nécessaire. Il devient à la longue le plus grand des plaisirs, et tient lieu de toutes les illusions qu'on a perdues. »
P. CORNEILLE.

« Je veux qu'on m'enterre sous la gouttière de l'école, et qu'on n'inscrive que mon nom sur la pierre qui me recouvrira... Lorsque les gouttes qui tombent du ciel l'auront creusée à moitié, on se montrera plus juste envers ma mémoire qu'on ne l'a été pendant ma vie. »
(*Dernières paroles de* PESTALOZZI.)

Je ne suis donc pas le seul qui ait dicté son épitaphe ; voici encore celle d'Alfred de Musset, que j'ai copiée moi-même, à Paris, au Père-Lachaise :

« Mes chers amis quand je mourrai,
« Plantez un saule au cimetière,
« J'aime son feuillage éploré,
« Et son ombre sera légère
« A la terre où je dormirai. »

Tout le monde a sans doute présente à la mémoire celle de Napoléon Ier aux Invalides : « Je désire que mes cendres reposent aux bords de la Seine, au milieu de ce peuple français que j'ai tant aimé. »

XXII

NOS DEUILS DE JEUNESSE.

Combien d'êtres charmants vêtus de chaudes langes
Pour les mettre à l'abri de la froide saison,
Attendent au milieu des célestes phalanges
Ceux qui viennent de pleurs arroser ce gazon !

O toi que nous aimions avec idolâtrie,
Second fruit d'un amour éteint dans ce tombeau,
Je cherche en vain ici ta dépouille flétrie !
Je n'en puis retrouver, hélas ! un seul lambeau !

Bonheur, qui nous séduis par tes brillants mirages,
C'est ainsi qu'ébloui par ton éclat trompeur
Quand nous croyons t'atteindre à travers maints orages
Tu t'enfuis en laissant une ombre, une vapeur !

Frères et sœurs, témoins de mes efforts timides,
Chers auteurs de mes jours, à mon berceau ravis,
Oh ! quand je pense à vous, souvent mes yeux humides
Semblent vous découvrir dans les sacrés parvis (1) !

(1) « Ceux à qui j'avais donné la meilleure part de mon âme reposent dans le tombeau ; mais quoique les joies et les délices de ma vie soient ensevelies avec eux, je n'ai pas fait de mon cœur un cercueil pour y sceller à jamais les affections douces et tendres et n'en plus rien laisser sortir. Une longue et profonde douleur n'a fait qu'affermir et développer en moi la bienveillance, la paternité ; le malheur ne nous est envoyé que pour tremper et affiner notre nature. »

CH. DICKENS.

XXIII

CE QUE L'ON VOIT DANS LES CERCUEILS.

Mais au bruit de l'airain, une foule environne
Des cercueils renfermant des restes précieux,
Une main y dépose une fraîche couronne
Et l'enclos redevient calme, silencieux.

Là c'est un ange blond, on dirait qu'il sommeille
A côté de son père au foudroyant regard ;
Ici c'est une vierge, hier blanche et vermeille,
Et maintenant sur nous fixant un œil hagard !

Là c'est un vieil avare ; il laisse en héritage
Des biens et des trésors dont il était épris ;
Ses joyeux héritiers s'en feront le partage
Et la postérité lui garde son mépris ! (1)

Là bien des ennemis se confondent ensemble,
Ils se tendent la main sans nul projet haineux ;
Le sage, l'insensé qu'ici la mort rassemble
Ont le même savoir dans leurs fronts caverneux.

(1) « Le supplice de l'avare serait de voir l'usage que ses héritiers font de son bien. »

TREMBLAY.

3

Quelle est dans ce cercueil cette chose difforme ?
C'était un beau jeune homme, aimable, affectueux,
Mais bientôt l'amitié comme le vice en forme,
Lui fit abandonner des parents vertueux (1).

Oh! combien j'en ai vu de ces lèvres de rose
Du marbre sépulcral imiter la blancheur ;
Des vieillards de vingt ans, l'esprit faible et morose,
Dans la fange enfouir leurs charmes, leur fraîcheur (2).

Et la loi qui flétrit le vol et l'incendie,
Et contre l'assassin sévit avec rigueur,
Laisse dans nos cités la débauche enhardie
Ravir aux jeunes gens leur force, leur vigueur !

(1) « Si tu choisis un ami, que ce soit, comme une épouse, pour la vie. Mais souviens-toi du proverbe antique : « Ami jusqu'aux autels, » et ne passe jamais les bornes de la vertu pour obliger un ami, autrement ce serait, non plus une amitié, mais une confédération vicieuse. L'avare, l'homme colère, orgueilleux ou jaloux, le grand parleur, ne peuvent être que de mauvais et faux amis. »   GUILLAUME PENN.

(2) « Les vices moraux peuvent augmenter le nombre et l'intensité des maladies jusqu'à un point qu'il est impossible d'assigner ; et réciproquement, le hideux empire du mal physique peut être resserré par la vertu jusqu'à des bornes qu'il est tout aussi impossible de fixer. »
                                        JOSEPH DE MAISTRE.

« Le vice creuse des abîmes de misères que rien ne semble capable de combler ; il établit et élargit sans cesse, entre les destinées humaines, ces distances énormes qui troublent la conscience et font hésiter en nous le sentiment du droit. Sa puissance d'abaissement est irrésistible. Tournez les yeux vers les familles dont il s'est emparé ; sans catastrophes exceptionnelles, en vertu d'un mouvement régulier, elles descendent, elles descendent. C'est une chute effrayante à voir. Et comment ne sombrerait-on pas ? Plus d'affection, plus d'éducation, plus de travail, plus d'économie, et souvent même plus d'honneur!

« ... Or la vieillesse arrive, et la maladie, et le chômage, alors c'est la fin ; à la première tempête on sombre. On sombre, au reste, par le plus beau temps du monde. Pourquoi certains navires s'enfoncent-ils tout-à-coup ? La mer est calme, le ciel est serein, les flots caressants n'ont que de molles ondulations ; point de bas-fonds, point de roches cachées : tout simplement le vaisseau était pourri ! »   A. DE GASPARIN.

XXIV

LE SUICIDE.

Voyez dans ce tombeau l'être qu'on y dépose :
C'est une fiancée, à l'un de ces amants
Qui n'a qu'un but cruel, qu'en exemple il propose :
De vouer sa jeunesse à ces traits infâmants !

Pauvre fille ! c'est toi, c'est ton fer homicide
Qui t'a frappée, au nom d'un mortel inhumain,
Qui, par son abandon, causa ton suicide
Dont il ne craindra pas de se rire demain !

Et là ce noir cadavre ? Un glaive le traverse.
Une femme trompa son amoureux dessein,
Et suivant des méchants la maxime perverse,
Pour punir l'infidèle, il se perça le sein !

L'homme qui de ce monde ainsi veut disparaître
N'a pas jeté les yeux sur le Crucifié,
Car sans foi, sans courage il se conduit en traître
En désertant le poste à ses soins confié (1).

(1) « Le suicide est le plus grand des crimes. Quel courage peut avoir celui
qui tremble devant un revers de fortune ? Le véritable héroïsme consiste à
être supérieur aux maux de la vie. »   NAPOLÉON I⁽ᵉʳ⁾.
    « Il n'y a rien au monde qui se fasse tant admirer qu'un homme qui sait être
malheureux avec courage. »   SÉNÈQUE.
    « On ne doit pas quitter son poste sans la permission de celui qui com-
mande. Le poste de l'homme c'est la vie. »   PYTHAGORE.
    « C'est l'Eternel qui fait mourir et qui fait vivre, qui fait descendre au sépul-
cre et qui en fait remonter. »   (I *Samuel*, II, 6, 7.)

Il en est qu'à ce crime a poussé la démence,
Ils avaient tout perdu : biens, honneur, amitié.
Ah! pour ces malheureux ayons de la clémence
Et ne fermons jamais notre âme à la pitié!

O vous qui méditez un trépas volontaire,
Voulez-vous apaiser un regret dévorant?
Implorez de Jésus le secours salutaire
Et sachez éclairer le pauvre et l'ignorant !

Des faibles, des petits faites-vous un cortége,
Montrez-vous envers tous bienfaisants, généreux,
Et vous verrez bientôt que l'Eternel protège
Quiconque se complaît à faire des heureux!

Le peuple qui s'émeut d'une tâche ignorée
Sait qu'elle est glorieuse aux yeux du Tout-Puissant,
Et que votre mémoire, en tous lieux honorée,
Doit faire battre aussi son cœur reconnaissant (1).

XXV

LE DUEL.

Quel est ce corps sanglant? C'est celui d'un bon père
D'un époux vertueux, du plus fidèle ami ;
Le riche souriait à son destin prospère
Et le pauvre à sa vue était plus raffermi !

---

(1) « La mémoire du Juste sera en bénédiction ; mais le nom des méchants
sera en mauvaise odeur. »   (*Prov.* X. 6.)

Mais il eut un instant de subite colère ,
Il osa répéter un discours offensant ,
Et l'usage odieux que le monde tolère ,
Permit à son rival de répandre son sang !

XXVI

En juge souverain chacun se constitue,
Pour un mot , pour un geste , on s'égorge , on se tue
Et la société , devant son tribunal ,
Craint de stigmatiser le duel infernal !

Mais toi qui pour venger une légère injure
As commis le forfait d'un lâche , d'un parjure ,
Tu n'as donc pas compris que ton faux point d'honneur
D'une famille entière a détruit le bonheur ?
Regarde ces enfants qui pleurent , qui gémisssent ,
Leur mère , leurs parents , leurs amis qui vomissent
Des imprécations qui te feront sentir
L'aiguillon du remords comme du repentir !
Tu croyais, insensé , qu'il était légitime
Que ta vengeancce au moins frappât une victime !
Mais tu vas te heurter contre une légion
Que défendra la voix de la religion.
Tu t'en riras peut-être, oui, mais moi , je t'assure
Qu'elle te gardera toujours ta flétrissure ,
Et que comme à Caïn , pour punir son affront,
Son glaive imprimera ton crime sur ton front,
Comme lui sur la terre où son courroux abonde ,
Tu suivras seul , errant, ta course vagabonde.

XXVII

Le scélérat qu'excite un attrait suborneur
Ne sait pas résister devant le deshonneur !
L'indigent au devoir ne craint pas de forfaire
Pour assouvir sa faim qu'on ne peut satisfaire.
Mais ces hommes rampants et remplis de noirceurs
De tout travail honnête ignorent les douceurs.
Ce sont des êtres vils, sans foi, sans conscience
Qui ne possèdent pas ta vertu, ta science !
Et tous ces malheureux que la balle a percés
De mille illusions ils s'étaient trop bercés.
Ils voulaient délivrer notre France asservie...

Ainsi le meurtrier qui nous ôte la vie,
L'émeutier que dirige un transport belliqueux,
Ont un rival en toi bien plus coupable qu'eux (1).

XXVIII

UNE STATUE A ÉLEVER.

Là bien des criminels, envieux, sanguinaires,
Et dont Dieu seul peut-être a connu les forfaits,
Réposent à côté de mortels débonnaires
Qui se faisaient bénir par de nombreux bienfaits.

(1) « Tu ne tueras point. »

(*Exode*, XX. 6).

Ah ! si mon luth avait la force , la puissance ,
De rendre un noble hommage à des noms immortels
Je parlerais ici de la reconnaissance
Qui devrait ériger quelques justes autels.

« Campagne desséchée, aujourd'hui si fertile,
Onde qui sous nos toits cours en flots abondants,
Célébrez un labeur aussi brillant qu'utile
Et qui nous réjouit par des fruits fécondants !

« Montre , ô Roquefavour, tes superbes arcades ,
Qui semblent *défier les travaux des Romains* (1),
Et toi, Durance , dis au bruit de tes cascades ,
Quel génie enfanta ces projets surhumains (2).

Et cependant , là-bas dans un noir sanctuaire
Où nul ne trouble plus le silence des morts ,
Une modeste tombe attend qu'un statuaire
D'une ingrate cité calme enfin les remords (3) !

Oui , je l'ai déjà dit et le redis encore (4) :
Quand Marseille inquiet discute son bilan ,
Il fait taire l'attrait du beau qui le décore ,
Et dans de vains calculs refroidit son élan !

(1) Paroles prononcées sur la tombe de M. de Montricher par un ingénieur.
(2) Les huit vers marqués d'un guillemet sont extraits d'un poème inédit
intitulé : *Un écho du désert*, et dont quelques vers de la dédicace se trouvent
à la fin du livre sous le titre de : *A mon poème.*
(3) Ces vers étaient écrits quand nous avons appris que le buste de M. de
Montricher venait d'être placé dans l'hémicycle du Château de Longchamp.
C'est là un hommage tardif sans doute, mais qui fait honneur à l'administration
supérieure actuelle et qui prouve de quel esprit d'indépendance religieuse elle
est aujourd'hui animée.
(4) *Trois bustes à relever et une statue à élever*, brochure publiée en 1860.

XXIX

UN LEGS TROP RARE DE NOS JOURS.

Parfois un de ses fils se montre moins sordide.
Car il n'écoute pas un pouvoir soupçonneux,
Mais son cœur qui palpite à tout dessein splendide
Qu'éclaire de la foi l'horizon lumineux.

L'art de rendre attentive une enfance indocile
Et de la diriger vers les biens éternels
Est sans doute une tâche ingrate, difficile,
Que pourraient relever des appuis fraternels !

On fait de beaux discours pour vanter la morale
Et grandir le sentier qui mène au vrai savoir,
Mais quand il faut y mettre une main libérale
On recule devant ce rigoureux devoir !

Là repose pourtant un vieillard qui naguère
Aimait à soulager les maux des indigents,
Et qui par un bienfait comme on n'en cite guère
Rendit les écoliers soumis et diligents (1).

_____

(1) Par testament du 30 juin 1870, M. François Guillaume, propriétaire à Marseille, mort le 10 novembre 1870, a légué au Conseil presbytéral de cette ville, une rente de 500 francs, destinée à la fondation à perpétuité d'un prix de pareille somme, qui doit être décerné chaque année à l'un des élèves de ses écoles de garçons qui en sera reconnu le plus digne par son application et sa bonne conduite.

Une telle leçon ne sera pas stérile,
Car elle a parmi nous beaucoup d'admirateurs
Qui pour donner au faible une leçon virile
Voudront sans doute en être un jour imitateurs.

Moi, qui depuis longtemps aspire à faire naître
Dans l'enfance l'amour du grand, du vrai, du beau,
Je veux par mes efforts la faire à tous connaître
Et porter avec eux des fleurs sur ce tombeau (1).

XXX

LA TOMBE D'UN BRAVE ET D'UN SAINT.

Parmi les combattants que cet enclos renferme
Il en est qui marchant dans de hardis sentiers
Surent lever naguère un bras vaillant et ferme
Pour sauver le pays du joug des émeutiers.

---

(1) « Fais le bien, tu nourris la plante divine de l'humanité ; produis le beau, tu répands les germes qui propagent cette divine plante. »

SCHILLER.

« C'est le devoir d'un homme d'honneur d'enseigner aux autres le bien qu'il n'a pu faire lui-même à cause de la malignité des temps, afin que ce bien puisse être fait par un autre plus aimé du ciel. »

MACHIAVEL.

« Aimer ce qui est grand, c'est presque être grand soi-même. »

Mme DE NECKER.

Près d'un fils qui remplit le sacré ministère,
Et qui bien jeune, hélas! termina son destin,
Dort un brave à l'aimable et noble caractère,
Qui montra la valeur de Ménard. Saint-Martin (1).

Il est d'autres mortels que Marseille révère,
Et dont la bienfaisance aussi fit le renom;
Sur leur tombe, à l'aspect imposant et sévère,
Bien des vivants de morts déjà portent le nom!

XXXI

LE DEUIL DE LA PATRIE.

O vous, qui gémissez sur une perte amère,
Orphelins sans soutien, peut-être sans abris,
Jetez aussi les yeux sur cette tendre Mère
Qui pleure en vous montrant ses désolants débris!

---

(1) Ménard-Blanchu-Saint-Martin, pasteur à Avignon, mort à Marseille, le 26 octobre 1860, à l'âge de 37 ans.

Le général Ménard-Saint-Martin, commandeur de la Légion-d'Honneur, décédé le 26 mai 1868, à l'âge de 80 ans.

On n'a pas oublié sans doute que c'est au général Ménard-Saint-Martin, alors commandant de la garde nationale, que notre ville dut son triomphe sur les émeutes de 1848.

« Quand une noble vie a préparé la vieillesse, ce n'est pas la décadence qu'elle rappelle, ce sont les premiers jours de l'immortalité. »

MADAME DE STAEL.

Lorsque vous la voyez, déchirée et meurtrie,
Sous le talon sanglant d'étrangers impunis,
Ah! pour la relever, cette chère Patrie,
Serrons-nous autour d'elle et soyons tous unis! (1)

Puisez dans l'Evangile une force nouvelle,
Et pour tromper l'espoir de cruels conquérants,
Qu'armés du train divin, qui grandit et nivelle,
Vous déclariez partout la guerre aux ignorants!

Oui, qu'aux rayonnements d'une sainte lumière,
Le pauvre, l'ouvrier, plus sobres, plus instruits,
Se préparent au fond de leur humble chaumière,
A relever nos murs et nos remparts détruits!

Les haines des tyrans, toujours inassouvies,
Ont plongé dans le deuil la veuve et l'orphelin,
Et maintenant deux sœurs que l'on nous a ravies
Tendent vers nous les bras en maudissant Berlin!

---

(1) « C'est une maxime que j'ai reçue par tradition héréditaire, non-seulement de mon père, mais aussi de mon grand'père et de mon bisaïeul, qu'après ce que je dois à Dieu, rien ne me doit être plus cher et plus sacré que l'amour et le respect dus à ma patrie. »

DIDEROT.

« L'amour de la patrie conduit à la bonté des mœurs, et la bonté des mœurs mène à l'amour de la patrie. Moins nous pouvons satisfaire nos passions particulières, plus nous nous livrons aux générales. »

MONTESQUIEU.

XXXII

A CEUX QUI REPRENDRONT L'ALSACE ET LA LORRAINE.

Entendez-vous là bas cette voix souterraine ?
O générations, hâtez-vous de grandir !
C'est vous qui reprendrez l'Alsace et la Lorraine,
A la lutte, il faut donc déjà vous enhardir !

Si la foi, le savoir, sont votre seule égide,
Si de votre pays vous défendez les lois,
Vous possèderez tous cette vertu rigide
Qui rendirent si forts les fils des vieux Gaulois (1) !

Si le Chef du pouvoir, contre la paix publique,
Voit souvent se former de coupables projets,
Nous que guida toujours l'enseignement biblique
Nous devons nous montrer de fidèles sujets (2).

(1) « L'obéissance à la loi soumet la volonté sans l'affaiblir, tandis que l'obéissance à l'homme la blesse ou l'énerve. »
Mᵐᵉ NECKER DE SAUSSURE.
Nous sommes tous esclaves des lois, afin de pouvoir vivre libres. »
CICÉRON.
« Voulez-vous savoir si une âme est de trempe à être libre, mettez à l'épreuve son respect pour les magistrats. »
RIOUFFE.
(2) « Rendez à César ce qui est à César et à Dieu ce qui est à Dieu. »

Vous comprendrez plus tard combien la tyrannie
Peut engendrer de maux dans les meilleurs Etats,
Surtout quand de la foi la puissance infinie
N'adoucit point le·cœur de cruels potentats (1).

Je ne suis pas, amis, un réactionnaire,
Je hais le despotisme et les maux qu'il a faits,
Mais je repousse aussi la foule sanguinaire
Qui dans Paris commit tant d'horribles forfaits !

XXXIII

IMPRÉCATION AUX AUTEURS VIVANTS
OU MORTS
DU MASSACRE DES OTAGES.

Tigres repus de sang, de meurtres, de carnages,
Assassins au cœur lâche, insensible, inhumain.
Pour avoir massacré de nobles personnages,
Soyez, soyez maudits de tout le genre humain !

Que cet assassinat fasse pâlir l'Histoire,
Que son glaive vengeur vous cloue au pilori,
Pour rappeler à tous la honte expiatoire
Qui restera toujours sur votre nom flétri !

---

(1) « Il n'y a que nous pachas qui devrions savoir lire et écrire. Si j'avais un
Voltaire dans mes États, je le ferais pendre ; et si je connaissais quelqu'un
de plus puissant que moi, je l'immolerais à l'instant. »

MOUSTAR, fils d'Ali, *pacha de Janina.*

« Les maux du monde dureront jusqu'à ce que les philosophes deviennent
rois, ou jusqu'à ce que les rois deviennent philosophes. »

PLATON.

Je croyais autrefois aux vertus populaires
Qui reculent devant ces spectacles d'horreur,
Mais vous m'avez prouvé, monstres patibulaires,
Que j'étais le jouet d'un rêve, d'une erreur !

L'impiété guida ce massacre barbare,
Vous eussiez de Dieu même ordonné le trépas! (1)
Athéisme, la Foi te convie à sa barre
Pour te justifier, mais tu ne l'oses pas !

XXXIV

Mais si, je vous entends, votre réponse est prête :
L'Eglise fit du monde une immense prison,
Et de ses volontés l'infaillible interprète
Prépara les gibets, les flammes, le poison !

Oui, mais s'il s'est servi d'une sanglante épée,
La sentence du Christ commence à s'accomplir (2) :
Rome enfin a perdu sa puissance usurpée
Et de ses ennemis voit ses murs se remplir !

---

(1) Si Dieu existait il faudrait le fusiller. »
        (Paroles d'un communard dans une assemblée publique.)
« Si Dieu n'existait pas il faudrait l'inventer. »
                    VOLTAIRE.
« L'Univers m'embarrasse et je ne puis songer
  Qu'un tel horloge existe et n'ait point d'horloger. »
                    (Le même.)
(2) « Celui qui se servira de l'épée périra par l'épée. »
                  (*Mathieu* XXVI. 52.)

XXXV

Si ma plainte, pareille à la foudre qui tonne,
Vous blesse, contre moi levez aussi le fer,
Car depuis ce forfait, dont l'Univers s'étonne,
Je crois vivre au milieu des démons de l'Enfer !

Oui, oui, délivrez-moi de l'horrible supplice
D'habiter cette terre où vous avez vécu,
J'aurais peur, scélérats, d'être votre complice
Si je ne maudissais votre parti vaincu (1) !

XXXVI

Depuis que la révolte a voulu tout détruire,
L'enfant de cet esprit semble avoir hérité,
Et pense que l'on doit l'éclairer et l'instruire
Pour secouer le joug de toute autorité.

Ce n'est, certes, pas là ce que le Ciel commande,
Car Jésus abolit la loi du talion (2).
Sa Parole, toujours censure, reprimande
Ceux qui poussent le peuple à la rebellion.

---

(1) « Au milieu des saccagements et des destructions que nous observons
dans l'histoire des siècles passés, nous voyons un amour de l'ordre qui anime
en secret le genre humain et qui a prévenu sa ruine totale. C'est un des ressorts de la nature qui reprend toujours sa force. C'est lui qui forme la vie des
nations ; c'est par lui qu'on révère la loi et les ministres de la loi, dans le
Tonquin et à l'île Formose comme à Rome. »
                                                    VOLTAIRE.

(2) « Le talion, c'est la just'ce des injustes. »
                                        SAINT-AUGUSTIN.

XXXVII

CONSEILS A LA JEUNESSE
DES ÉCOLES PROTESTANTES.

Je veux contre le crime armer votre innocence,
Car les bons citoyens, vertueux et soumis,
Aiment là liberté, mais non pas la licence,
Et l'accordent à tous, même à leurs ennemis.

Aimez la *discipline*, elle est pour vous le gage
Des succès que plus tard obtiendront vos travaux (1),
Soyez sincères, droits, et que votre langage
Soit honnête, poli, même envers des rivaux (2).

Voulez-vous réussir dans de fortes études?
Evitez les écueils de la distraction,
Et sachez relever de nobles aptitudes
Par votre obéissance et votre *attention* (3).

---

(1) « Si tu veux que le bonheur et l'aisance règnent chez toi, tu dois par-
dessus tout y maintenir la *discipline*. Chacun doit y reconnaître son devoir.
Il doit y avoir un temps et un lieu fixes pour chaque chose. »
                                        GUILLAUME PENN.
(2) « La droiture du cœur, quand elle est affermie par le raisonnement, est
la principale source de la justesse de l'esprit. Un honnête homme pense presque toujours juste. »
                                        J.-J. ROUSSEAU.
(3) « Le grand secret pour former des sujets capables moralement et intel-
lectuellement parlant, c'est d'éveiller et de mettre en garde chez les enfants la
faculté de l'*attention*. »
« Une foule de fautes, de manquements aux devoirs viennent de la légèreté

Le *silence* est surtout la règle obligatoire,
Car comment accomplir des devoirs réguliers
S'il faut qu'un maître, aux cris d'un nombreux auditoire,
Punisse incessamment de bruyants écoliers (1)

de l'esprit bien voisine de celle du cœur. En éveillant l'attention de l'enfant, proportionnellement à sa constitution, à son tempérament, vous en ferez de bonne heure un être raisonnable et bon par conséquent. Car le plus bel apanage, l'apanage essentiel de la raison, c'est de guider vers le bien. La moitié des hommes, comme la moitié des enfants, ne sont mauvais que par défaut de jugement et de raison. Et ce défaut provient du manque d'attention. »

Mme FANNY MARÉCHAL.

« L'attention de l'esprit est la prière naturelle que nous faisons à la vérité intérieure pour qu'elle se découvre à nous. »

MALEBRANCHE.

« L'intelligence, la bonté et la force d'âme de l'homme se mesurent d'après le degré d'attention dont il est capable. Celui qui ne sait pas écouter, ne sait rien qui puisse mériter le nom de véritable sagesse et de vertu. Celui qui sait écouter sait tout ce que les hommes doivent savoir. »

LAVATER.

(1) « Ne permets pas à ta langue de courir en avant de ta pensée. »

CHILON.

« Le bavard veut se faire aimer, et il se fait haïr ; il veut obliger, et il importune ; il veut se faire admirer, et il se rend ridicule ; il dépense pour ne pas recueillir ; il offense ses amis, sert ses ennemis et travaille à se perdre lui-même. »

PLUTARQUE.

« Si quelqu'un ne bronche point en paroles, c'est un homme parfait, et il peut tenir tout son corps en bride. »

(*Jacques* III. 2.)

« Celui qui ne sait pas se taire ne saura jamais parler. »

PITTACUS.

« Parle peu, écoute beaucoup, et tu ne feras point de fautes. »

(*Prov. italien*)

« Il en est des préceptes comme des graines : ce sont petites choses qui font beaucoup ; si l'esprit qui les reçoit a de la disposition à bien apprendre, il ne faut point douter que de sa part il ne contribue à la génération, et n'ajoute beaucoup à ce qu'il aura recueilli. »

SÉNÈQUE.

4

Il est dans toute école un point que l'on oublie,
Car l'enfant si léger jamais ne le comprit,
C'est la *Réflexion*, dont l'âme est ennoblie,
Et le *bons sens* qui règle et gouverne l'esprit (1)

Si le père a des droits à l'amour qu'il inspire,
Vous devez vous montrer aussi respectueux,
Envers ceux qui du bien vous font aimer l'empire
Et cherchent à vous rendre instruits et vertueux.

Il est une vertu qui passe la science,
Et que vous avez dû sans doute concevoir,
C'est, malgré vos défauts, leur rare *patience*
Que je voudrais aussi que vous pussiez avoir (2).

(1) « Qu'on ne s'imagine pas que la *réflexion* doive nuire à la gaieté du caractère, ni obscurcir la sérénité de la jeunesse : ce sont les mécomptes inattendus qui causent nos plus grands chagrins ; c'est leur continuité qui produit le désespoir. Quelles ressources laissent-ils à un esprit léger et irréfléchi ? Le désœuvrement ajoute à toutes les douleurs comme à tous les vices. Mais qui sait penser ne craint pas de se trouver oisif : l'occupation rend paisible, le repos supplée au bonheur, et l'humeur reste douce pour les autres et pour soi. »
MADAME DE RÉMUSAT.

« Les hommes sensés sont les meilleurs dictionnaires de conversation. »
GŒTHE.

« Le génie illumine, l'esprit éclaire, le *bon sens* dirige. L'esprit s'amuse volontiers à promener ici et là ses capricieuses lueurs ; le bon sens ne voit que le but proposé et s'y dirige par le chemin le plus court. »
LA BEAUME.

(2) « C'est la *patience* d'un bon esprit, quand elle est invincible, qui constitue véritablement le génie. »
G. CUVIER.

« Avec le temps et la patience, la feuille de mûrier devient satin. »
(*Prov. persan.*)

Vous ne connaissez pas quelle lutte mortelle
Ils livrent pour suffire à leurs nombreux besoins,
Ni comment le pouvoir, qui les tient en tutelle,
Sait mal rétribuer leur fatigue et leurs soins! (1)

(1) Il y a deux sortes de tutelles : la bonne et la mauvaise. La première, qui
est douce, bienveillante, paternelle, généreuse et que le Protestantisme a eu
l'insigne honneur de mettre en pratique, fait naître des vocations sérieuses et
les raffermit ; elle a montré ses fruits par la supériorité intellectuelle des nations qui ont embrassé la Réforme. La seconde est arbitraire, parcimonieuse,
tyrannique, tracassière. C'est contre celle-là que nous nous élevons, parce
qu'elle pèse d'un poids énorme sur la conscience comme sur l'indépendance des
instituteurs.

Qu'on nous permette de rapporter à ce sujet des paroles que nous avons
prononcées avant la guerre dans une séance publique de la *Ligue de l'Enseignement*:

« On peut être un avocat distingué, un orateur éloquent, un négociant aussi
habile que consciencieux, et n'entendre absolument rien dans la manière de
diriger une école. »

Et celles-ci dites ailleurs et qui corroborent les précédentes :

« On peut faire de belles phrases, de beaux discours, de bons livres sur l'enseignement, mais pour nous la plus belle phrase, le plus beau discours et le
meilleur livre, c'est une vie entière consacrée à ces humbles fonctions ! »

Et cependant, que de maîtres dévoués ont vu leur carrière brisée, soit par les
tracasseries du clergé ou d'un supérieur, auquel ils avaient déplu, soit par
l'influence des membres de commissions d'*encouragement*, nous allions dire
de *découragement*, et dans lesquelles on admettait souvent autrefois de ces
incapables que nous avons signalés plus haut, des vieillards irascibles ou
des jeunes gens inexpérimentés qui ne connaissaient pas toujours les égards
que l'on doit à des hommes qui ont besoin d'être soutenus dans leur tâche
rude et difficile par la bienveillance et la sympathie de leurs chefs.

Mais l'auteur de l'*Instruction du Peuple* que nous avons consulté, va nous
prouver que ce mal date de loin et qu'il est général chez nous.

« En France, dit M. Laveleye, et dans d'autres pays où l'ignorance est
grande, les comités, quand on en a établi, se sont montrés inertes, incapables
et n'ont rendu aucun service. » Page 75.

« Il faut prendre (pour cela) des hommes ayant des connaissances péda-
gogiques. » Page 76.

Mais seul épris des biens que le Seigneur dispense
Et que les vains mortels ne peuvent leur ravir,
Ils n'attendent de l'homme aucune récompense
Et passent cependant leur vie à le servir !

Si vous voyez l'un d'eux plongé dans la tristesse,
Ne l'importunez pas de discours indiscrets,
Mais par la sympathie et la *délicatesse* (1)
Adoucissez le poids de ses chagrins secrets.

Vous portez tous en vous une flamme native
Qui peut vous éclairer et guider vos efforts,
Que chacun avec soin la cherche, la cultive,
Et vous pourrez un jour devenir grands et forts (2).

Pour atteindre le but qu'éclaire la science :
De faire aimer le bien et combattre le mal,
Vous avez tous un juge en vous: la Conscience,
Tandis que l'instinct seul dirige l'animal.

Et cependant, malgré ce superbe apanage,
Lorsqu'une pauvre bête à vos yeux vient s'offrir,
Vous flairez aussitôt une odeur de carnage
Et vous vous amusez à la faire souffrir ! (3)

---

(1) « La *délicatesse* est aux affections ce que la grâce est à la beauté. »
DE GERANDO.
(2) « Tel serait devenu un grand homme s'il avait connu son fort, et perfectionné le principal de ses talents. »
SAINT-EVREMOND.
(3) « Ceux qui sont cruels envers les animaux, et qui, oubliant que ces êtres sentent et souffrent comme nous, les maltraitent sans utilité, devraient penser au moins qu'il faut ménager le serviteur dont on a besoin. »
SIMON DE NANTUA.

XXXVIII

LE RESPECT ENVERS LES MINISTRES DE TOUTES LES RELIGIONS ET ENVERS LEURS MORTS.

Gardez-vous d'imiter la coupable coutume
Qu'ont de jeunes vauriens d'insulter les passants,
Surtout ceux dont la foi se montre à leur costume
Que déchirent parfois bien des traits offensants!

On peut sans doute avoir des croyances diverses,
Mais sachez que jamais il ne nous est permis,
Même quand nous faisons d'ardentes controverses,
De manquer de respect à nos fiers ennemis.

Lorsqu'un convoi funèbre est sur votre passage,
Que le mort fût athée ou serviteur de Dieu,
Rappelez-vous que l'homme indépendant et sage
Ne lui refuse pas un salut pour adieu!

Vous le voyez, je parle en fils de la Réforme,
J'admire les Jean Huss, les Luther, les Calvin,
Mais à la loi du Christ aussi je me conforme,
En inclinant mon front devant tout droit divin!

« *Les prêtres ne sont pas ce qu'un vain peuple pense* (1).
Avares, orgueilleux, couverts de noirs forfaits;
Beaucoup de leurs travaux n'ont d'autre récompense
Que la haine de ceux qu'ils comblent de bienfaits!

(1) « Notre crédulité fait toute leur science. »   VOLTAIRE.

Aux pauvres, comme nous, ils se montrent propices,
Ils savent aux mourants tenir de saints discours;
La veuve et l'orphelin placés sous leurs auspices,
Reçoivent de leurs mains de précieux secours.

Ce langage peut-être à d'autres va déplaire,
Mais que m'importe, à moi? je dis la vérité!
Le seul bien que me laisse une mort exemplaire
Est de parler sans crainte avec sincérité! (1)

XXXIX

J'aime la loyauté dont l'aimable prestige
Dirigea l'examen que Rome a trop proscrit
Et qui de mes erreurs dissipant tout vestige,
M'enseigna le pardon que la Bible prescrit!

Je n'ai pas oublié sans doute l'anathème
Qu'ils ont lancé jadis à tout réformateur;
Mais je préfère, instruit par leur sanglant baptême,
Etre un persécuté qu'un froid persécuteur!

---

(1) « La vérité comme l'huile, s'élève au-dessus de tout. »
(Prov. espagnol.)
« Dites la vérité avec courage, elle vous soutiendra toujours. »
(Prov. grec.)
« Le plus agréable de tous les compagnons dans le voyage de la vie, est un homme simple, plein de franchise, sans aucune prétention à une grandeur oppressive, un homme qui aime la vie et en comprend l'usage, un homme obligeant, d'un caractère d'or, le même à toute heure et inébranlable comme une ancre enfoncée en terre. Pour un tel compagnon, on donnerait volontiers le plus grand génie, le plus brillant esprit et le plus profond penseur. »
LESSING.

Il est contre eux des faits que l'histoire dévoile
Mais dont vous devez tous ignorer la noirceur,
Plus tard, lorsque vos yeux soulèveront ce voile,
Vous le ferez sans haine, avec calme et douceur!

Cela vous prouve, enfants, que tout pouvoir factice
Qui se fonde en tirant le glaive du fourreau,
Rencontre tôt ou tard la suprème justice
Qui grandit la victime et flétrit le bourreau! (1)

Mais nous ne sommes plus dans ces temps d'ignorance,
Et le Pape aujourd'hui doux, charitable, humain,
Redoutant les effets de son intolérance (2),
De son trône ébranlé nous tend à tous la main!

Honorez ce vieillard qui lentement décline,
Et dont l'âme virile a connu la douleur;
Devant sa majesté que votre front s'incline,
Et sachez tous en lui respecter le malheur! (3)

Prions pour qu'au moment de fermer sa paupière
Il sente son néant et sa fragilité,
Et que rendant ses clefs à l'Apôtre Saint-Pierre,
Il laisse à Jésus seul l'infaillibilité!

L'Evangile dès lors, renversant tout obstacle,
Répandra ses lueurs dans toute région,
Et l'athéisme même, à ce nouveau spectacle,
Aura plus de respect pour la religion.

(1) « La justice est le pain du peuple, il en est toujours affamé. »
CHATEAUBRIAND.
(2) « La tolérance est la politesse des convictions. »　A. C.
(3) « Le malheur est sacré. »　SÉNÈQUE.

XL

L'ENVIE CONTRE LES RICHES.

Le riche a des défauts qui blessent notre vue,
Mais n'avons-nous pas tous les nôtres? et d'ailleurs,
Votre enfance sans eux serait-elle pourvue
De tout ce qui travaille à vous rendre meilleurs? (1)

Sachez donc supporter leur froideur apparente
Et croyez qu'ils voudraient que votre beau matin
Ne rencontrât jamais un âme indifférente
Quand il faut que les lois règlent votre destin.

Bientôt en leur faisant mon interrogatoire,
Ils entendront aussi mon cri réprobateur,
Car en faisant vibrer la lyre expiatoire,
Le poète devient roi-sacrificateur (2) !

Si j'ose vous montrer leur orgueil qui nous blesse
C'est pour faire comprendre au faible, à l'indigent,
Qu'ils peuvent acquérir des titres de noblesse
Que ne donnent jamais ni l'honneur ni l'argent.

---

(1) « Il n'y a pas d'homme qui n'ait ses défauts ; le meilleur est celui qui en a le moins. »   HORACE.

(2) « L'art de faire des vers, dût-on s'en indigner,
Doit être à plus haut prix que celui de régner. »
CHARLES IX. (*Épitre à Ronsard.*)

Et si contre l'avare ici mes traits s'aiguisent ,
Je fais pourtant ouïr des accents chaleureux
Envers ceux qui souvent dans l'ombre se déguisent
Pour adoucir les maux de tous les malheureux.

Il faut que vous sachiez aussi que l'opulence
Craint de montrer ses maux à notre œil indiscret,
Et tel qui semble froid , dur et plein d'insolence
Cache souvent des pleurs qui coulent en secret.

Quant à moi , devant tous et sans détour j'avoue
Que j'ai reçu parfois plus d'un accueil touchant ,
Et si pour vous instruire , enfants ; je me dévoue
C'est qu'ils surent en moi soutenir ce penchant.

XLI.

LE BATAILLON.

Mais voici qu'aux clameurs de foules accourues ,
Je dois vous prévenir des graves accidents
Qu'avec le *Bataillon* qu'ils forment dans les rues
Causent pour s'amuser de jeunes imprudents.

Je pourrais assombrir cette triste matière ,
Si vous n'étiez pas tant au rire habitués ,
En vous montrant, couchés au fond du cimetière,
Ceux qu'en vous amusant vos pierres ont tués !

Ah! vous ne riez plus, car la chose est certaine
Ce trait, je le comprends , vous l'a fait bien sentir,
Et nous pouvons ici dire avec La Fontaine :
« L'enfance est sans pitié, » mais non sans repentir !

XLII

LE TABAC, LA BOISSON ET LA MALPROPRETÉ.

Evitez les amis qui vous portent au vice (1)
Et qui de la boisson recherchant la saveur,
Corrompent à jamais un écolier novice,
En marquant sur son front la honte du buveur (2).

Sans que la vanité jamais ne vous dirige,
Que votre corps soit propre et décemment vêtu,
Car si la piété vous guide, vous corrige,
La propreté relève aussi cette vertu (3)!

L'enfant est comme un singe, il fait ce qu'il voit faire :
L'homme blasphème, fume, il l'imite à l'instant,
Mais il ne comprend pas que pour le contrefaire,
Il devient comme lui grossier et dégoûtant (4).

---

(1) « Le vice n'élève personne ; les déchéances qu'il amène lorsqu'il enrichit ne sont ni moins douloureuses ni moins durables que celles qu'il produit lorsqu'il ruine. »　　　　　A. DE GASPARIN. (L'Égalité.)

(2) « Point d'excès à table : l'intempérance et l'ivresse ruinent le tempérament, dégradent l'âme, obscurcissent l'intelligence. » L'EMPEREUR JULIEN.

« Les effets de l'ivresse sont souvent funestes : il n'est pas de poison qui tue plus sûrement que les liqueurs fortes. »　　　　　BUCHANAN.

(3) « Sois propre. »　　　　　CATON.

« La propreté est une demi-vertu. »　　　　SAINT-AUGUSTIN.

(4)　　　　DE L'INFLUENCE DU TABAC.

« Qui calculera ce qu'il nous a fait par la vaine rêverie, l'inaction et l'énervation ! C'est un secours pour le travailleur en plein air, dans des lieux humides, pour le marin peut-être ; mais pour tous les autres un fléau, une source de nombreuses maladies du cerveau, de la moelle et de la poitrine, la plus triste, de cracher toujours et partout. »

MICHELET. (Henri IV et Richelieu, notes.)

XLIII

L'IMPIÉTÉ ET LE VOL.

Ne prêtez pas l'oreille aux propos des impies
Qui refusent de croire à la divinité (1),
Et troublant les esprits avec leurs utopies,
Se déchirent au nom de la fraternité !

Il est de discoureurs que les méchants acclament ;
Le pillage, le vol, sont pour eux droits conquis,
Et pour rester oisifs, les insensés réclament
Le partage des biens que d'autres ont acquis !

C'est une erreur funeste, un crime attentatoire
Qui nous replongerait dans un gouffre béant,
Car le gain du travail pénible, méritoire,
Ne doit jamais nourrir un lâche, un fainéant ! (2)

Vous le comprenez bien, j'en ai la certitude,
Lorsque vous l'emportez sur vos jeunes rivaux,
Seriez-vous satisfaits, au terme de l'étude,
Si d'autres profitaient du fruit de vos travaux ?

(1) « L'impossibilité où je suis de prouver que Dieu n'est pas, me découvre son existence. »   LA BRUYÈRE.

(2) « Celui qui ne veux pas travailler ne doit pas non plus manger. »
                                           (II Thess. III-10.)

« La paresse est la bêtise du corps, et la bêtise est la paresse de l'esprit. »
                                                        SEUME.

« Va paresseux, vers la fourmi, regarde ses voies, et deviens sage. »
                                           (Prov. VI-6.)

Et lorsque vous jouez, souvent je vous regarde,
Vous n'aimez pas avoir affaire aux querelleurs,
Ce que l'un de vous gagne avec soin il le garde
Et s'éloigne de ceux qu'il sait être voleurs !

Chacun veut être riche, enfants, c'est dérisoire,
Car si nous marchions tous dans de brillants sentiers.
Il nous faudrait, lassés d'un bonheur illusoire,
Pour vivre et nous vêtir faire tous les métiers !

XLIV

L'AMOUR FILIAL.

Si vos parents sont vieux et que l'inquiétude
Leur donne quelquefois des aspects repoussants,
Montrez-leur votre amour et votre gratitude
Par votre obéissance et vos soins incessants (1) !

Ils vous semblent parfois durs, grondeurs, irritables,
Mais quand vous êtes froids, méchants, capricieux,
Ne sentez-vous donc pas, écoliers intraitables,
Que vous seuls les rendez tristes et soucieux ? (2)

---

(1) « Enfants, obéissez à vos pères et à vos mères selon le Seigneur, car cela est juste. » (*Ephess.* VI-1.)

(2) « L'ingratitude de nos propres enfants, n'est-ce pas comme si la bouche mordait la main qui lui porte la nourriture ? » SCHAKSPEARE.

« Tels les enfants ont été à l'égard de leurs précepteurs, tels ils sont à l'égard des rois et des magistrats : Après avoir commis de petites injustices pour avoir des noix, des balles et des moineaux, ils en commettent de grandes pour amasser de l'argent, pour acquérir de belles maisons, et pour avoir un grand nombre de serviteurs. » SAINT-AUGUSTIN.

Pauvres, pour mieux jouir de votre indépendance,
Vous souhaitez parfois leur funèbre départ;
Riches, pour vivre heureux, au sein de l'abondance,
Vous osez de leurs biens convoiter une part!

Oh! l'on dira sans doute encor que j'exagère,
J'aurais plus d'un exemple à vous citer ici,
Où j'ai vu la jeunesse insensible, légère,
De leurs pauvres parents n'avoir aucun souci!

Quand vous serez témoins de leur adieu suprême,
Vous verrez quel nuage assombrit nos printemps,
Vous voudrez par vos soins calmer leur peine extrême,
Mais peut-être qu'alors il ne sera plus temps!

Du remords l'aiguillon cruel, épouvantable,
Transpercera vos cœurs abattus, torturés,
Vous connaîtrez alors le tourment redoutable
Que l'Eternel réserve aux fils dénaturés! (1)

XLV

LES TOMBES DES BLESSÉS DE LA GUERRE.

Mais silence!... Voici qu'à pas lents et débiles,
Les mères en pleurant s'approchent de ces lieux,
Volontaires, conscrits, francs-tireurs et mobiles
Sont venus de bien loin expirer sous leurs yeux!

(1) «-Maudit soit celui qui aura méprisé son père ou sa mère. »
(*Deut*. XXVII-16.)

Elles font de leurs fils le doux et tendre éloge,
Racontent leur départ, leurs luttes, leurs langueurs,
Oh! qui peut écouter ce long martyrologe
Sans maudire la guerre et toutes ses rigueurs!

XLVI

RÉPONSE A QUELQUES OBJECTIONS
SUR LA PUBLICATION DE MON POÈME.

Et moi, quand je dépeins les regrets que j'éprouve,
Quand je montre la foi brillant sur un tombeau,
Bien des indifférents, que plus d'un riche approuve,
Voudraient que sous mon toit s'éteignît mon flambeau (1).

Si vous n'estimez pas le sujet que j'aborde,
C'est que vous ignorez, ô mortels fastueux!
Qu'il faut que le torrent trop contenu déborde
Quand l'orage grossit son cours impétueux!

Quand je vois que la vie est pour vous un délice,
Je bénis le Seigneur de ce rare bienfait,
Et, sans vous l'envier, je bois l'amer calice
Qui s'éloigne de vous, et je suis satisfait!

(1) Nous croyons devoir mentionner cette opposition, qui est loin d'être gé-
nérale, hâtons-nous de le dire, non par esprit de rancune, Dieu nous en garde,
mais par ce que nous savons qu'elle est partagée par des catholiques et par des
protestants dont nous respectons les opinions, quoiqu'elles nous soient défa-
vorables.

« Tuer un homme, c'est tuer une créature raisonnable; tuer un livre, c'est

L'agio, le calcul qui font votre puissance
Ne m'ont point inspiré dans mon obscur métier,
Vous devez vos trésors peut-être à la naissance,
Moi, d'une Bible seul on me fit l'héritier (1).

XLVII

MON HÉRITAGE PATERNEL.

Mon père, fort dans l'art de la charpenterie,
Et qui jeune connut le travail, le souci,
Dans ce livre égarait souvent sa rêverie,
Et mourut en laissant plus d'un point obscurci.

Moi, plus tard, j'ai suivi cette pieuse pente,
Et quittant après lui des sentiers tortueux,
J'ai fait avec son bois une forte charpente
Pour bâtir dans le ciel un palais somptueux.

Puis, la lyre à la main, j'ai dû faire une enquête
Sur ces martyrs proscrits et frappés en tous lieux,
Si je porte leur nom, c'est par droit de conquête
Et presque comme un don laissé par mes aïeux (2).

---

tuer la raison, c'est tuer l'immortalité plus que la vie. Les révolutions des âges
souvent ne retrouvent pas une vérité r jetée, et faute de laquelle des nations
entières souffrent éternellement. »   MILTON.

(1) Historique.

(2) « L'homme doit marcher à la conquête de sa personnalité et il faut que
son développement soit son propre ouvrage. »   BALLANCHE.

La plupart des hommes n'ont point d'opinion encore bien moins une opinion
à eux, bien réfléchie et fondée sur la raison.   SEUME.

Si je suis criminel aux yeux du fanatisme
D'avoir brûlé les dieux qu'autrefois j'estimais,
Je réponds aux rivaux du vieux Protestantisme :
« *L'homme absurde est celui qui ne change jamais* » (1).

J'ai perdu, je le sais, l'espoir de l'abondance,
Mais il est un trésor qui doit m'appartenir,
C'est cette précieuse et sainte indépendance,
Que, malgré mes revers, je saurai maintenir (2) !

(1) Barthélemy.

« Quand j'étais enfant je parlais comme un enfant, je pensais comme un enfant, mais lorsque je suis devenu homme, j'ai quitté ce qui tenait de l'enfant. »
(*Cor*. XIII-11.)

« La conscience ne doit ses comptes qu'à Dieu. On y pénètre par la persuasion et non par la force. C'est une fleur qui s'ouvre aux rayons du soleil, et qui se ferme aux vents orageux. BERNARDIN-DE-SAINT-PIERRE.

« Une bonne pensée, de quelque endroit qu'elle parte, vaudra toujours mieux qu'une sottise de son crû, n'en déplaise à ceux qui se vantent de trouver tout chez eux est de ne tenir rien de personne, »
LA MOTHE LE VOYER.

« Il n'y a pas moins d'invention à bien appliquer une pensée que l'on trouve dans un livre, qu'à être le premier auteur de cette pensée. On a ouï-dire au cardinal Duperron que l'application heureuse d'un vers de Virgile était digne d'un talent. » BAYLE.

(2) Nous entendons par là l'indépendance de caractère, et non l'indépendance à l'égard des autorités et de nos supérieurs; envers lesquels nous nous sommes toujours montré soumis et respectueux pour tout ce qui concerne les devoirs de notre vocation.

« Le mot indépendance est uni à des idées accessoires de dignité et de vertu ; le mot dépendance est uni à des idées d'infériorité et de corruption. »
BENTHAM.

XLVIII

L'ESPRIT MERCANTILE CONTRAIRE A L'ESPRIT ARTISTIQUE ET POÉTIQUE.

Ainsi de ces héros l'étude approfondie,
Que relève parfois l'esprit observateur,
Dans l'âme retentit comme une mélodie,
Qui de brillants sentiers charme l'explorateur.

La poésie est là (1). Sa voix enchanteresse,
Ne fait pas à vos yeux briller ses horizons,
Et si vous le pouviez la foudre vengeresse
La ferait disparaître au milieu des tisons.

C'est que la rêverie et l'esprit mercantile
N'ont jamais pu trouver ensemble le bonheur;
L'une veut l'idéal, le beau, le grand, l'utile,
L'autre cherche l'éclat, la fortune et l'honneur.

(1) « La poésie est partout. Elle est surtout dans les joies, dans les soucis,
et jusque dans les tristesses du foyer domestique ; dans ce drame long, mono-
tone et doux de la vie de famille ; dans le retour régulier de ce qu'attend une
existence modeste ; dans les épisodes grâcieux, sombres ou touchants que la
Providence entremêle à l'épopée de chacune de nos vies ; dans le souvenir respectueux des vertus réelles et pratiques des ancêtres ; dans l'estime plus que
dans la gloire ; dans un amour intime de la terre natale, de tous ses enfants, de
tous ses intérêts ; dans la vie intérieure du cœur, vaste et profond théâtre où,
dans un demi-jour solennel, se meuvent tant d'idées et de sentiments, d'images
et de réalités, de souvenirs et d'espérances ; dans la religion enfin, sans
laquelle toute poésie est menteuse ou inutile, et qui seule, donnant une valeur
impérissable à ce qui ne paraît pas, en enlève d'autant à tout ce qui paraît et
qui éclate. »

VINET.

5

Marseille, je le sais, par son commerce inspire
L'irrésistible attrait de l'or qui vous séduit,
Vous ne comprenez pas le rêveur qui n'aspire
Qu'à montrer du talent le modeste produit (1).

Je ne suis pas de ceux que la haine envenime
Et qui du peuple seul exaltent les hauts faits,
Je sais pour la vertu quelle ardeur vous anime,
Et quel noble mobile inspire vos bienfaits.

(1) « Dans la jeunesse des Empires, c'est la profession militaire qui fleurit,
puis viennent les lettres, les sciences et les arts. A l'époque suivante, de très
peu postérieure, les armes et les arts libéraux fleurissent ensemble pendant
quelque temps. Enfin sur le *déclin des États, ce sont les arts mécaniques
et le* COMMERCE *qui sont en honneur !!!* »
                                        BACON. (*Essais.*)

Il n'est pas surprenant que dans une ville comme Marseille, où les préoccu-
pations commerciales et les intérêts matériels absorbent les intelligences
même les plus élevées, l'instruction primaire, les arts et surtout la poésie,
soient mis au second rang. Aussi, voit-on des négociants, voire même de sim-
ples commerçants, qui n'ont aucune culture intellectuelle et qui s'enrichissent,
tandis que des artistes, des hommes de lettres, et surtout ceux qui sont voués
à la dure carrière de l'enseignement, vivent souvent dans la misère.

Nous ne disons sans doute ici rien de nouveau. Nous constatons un fait général qui n'incrimine aucune personnalité, et qui n'est pas heureusement sans
de nombreuses et honorables exceptions.

Quoiqu'il en soit, le département des Bouches-du-Rhône occupe, avec son
chef-lieu, qui est la troisième ville de France, le quarantième rang dans le
tableau qui constate *les progrès de l'instruction !*

Après avoir payé par quarante ans de service notre dette à notre patrie
d'adoption, nous avons le droit, il nous semble, de signaler le mal, et en même
temps d'indiquer le remède.

On s'étonnera peut-être un peu de ce que, mis par nos fonctions en rapport
avec les riches comme avec les pauvres, nous paraissions oublier que nous
n'avons rien à attendre des derniers, mais tout des premiers.

Nous ferons deux réponses à cette juste observation : la première, c'est
que nous avons toujours cherché notre récompense dans des régions plus élevées et moins mobiles ; la seconde, c'est que placé entre deux camps opposés
où se livre depuis que le monde existe une lutte incessante et où nous jouons, à
nos risques et périls, le rôle de médiateur, nous nous reconnaissons le serviteur

Il en est parmi vous d'affectueux, d'aimables
Que n'avilissent pas de mauvais appétits,
Et qui, malgré l'éclat de dons inestimables,
Savent toujours descendre au niveau des petits.

D'autres, ce sont surtout ceux là que je désigne,
Malgré tout leur savoir n'ont jamais bien compris
Le dévoûment de l'homme obscur qui se résigne
A se passer des biens dont ils sont trop épris (1).

Grands du monde, gardez vos immenses richesses
Pour vour en faire un jour un brillant marchepied,
Elevez des palais pour charmer vos duchesses,
Mais laissez au poète un modeste trépied !

Vos pères ont jadis relevé les potences
Qui croulèrent au nom de foi, de liberté,
Et vous osez comme eux briser les existences
Qui proclament les droits d'un peuple en puberté !

XLIX

Quand la France endurait tant d'horribles ravages
Et qu'elle gémissait de cruels abandons,
C'est un fils de la Grèce, honorant nos rivages,
Qui fit presque oublier vos bienfaits et vos dons (2).

●

des uns et des autres, mais nous n'avons jamais été, et nous ne serons jamais, l'esclave de personne.

En parlant et en agissant ainsi, nous croyons honorer ceux qui sont au-dessus de nous et relever ceux qui sont au-dessous.

(1) « Il y a des esprits marchands qui méprisent tout ce qui n'a pas l'intérêt pour but. »   Mᵐᵉ DU DEFFANT.

(2) Nous n'ignorons pas que le pauvre comme le riche, à part quelques

Un poète fameux, de Méry l'humble émule (1),
Vint chercher le repos dans le pays natal,
Loin de le relever par l'accueil qui stimule,
Vous l'avez tous laissé dans un oubli fatal.

Comment donc espérer que les sons d'une lyre
Vous feront, pour les arts, grossir votre budget,
Devant les monuments que vous sûtes élire
Pour rappeler les noms d'Homère et de Puget!

exceptions, a répondu à l'appel des membres de la *Défense nationale*. Au dehors, nous savons tout ce que la Belgique et surtout la Suisse ont fait pour notre armée battant en retraite comme pour nos blessés. Cette dernière nation surtout a montré un dévouement admirable dont le pays gardera, nous l'espérons, un précieux souvenir.

A l'intérieur, quoique le mouvement n'ait pas été aussi spontané ni aussi général que l'exigeaient les douloureuses circonstances que nous traversions, la preuve c'est que l'emprunt de 10 millions n'a pas été couvert, il est juste de reconnaître que de nobles efforts ont été tentés, soit par le haut commerce, soit par notre Municipalité, et si le résultat n'a pas répondu à l'attente de l'autorité administrative, il faut plutôt en accuser son extrême mobilité et la défiance réciproque des partis, que le patriotisme des Marseillais et l'esprit de charité des familles catholiques, juives, et protestantes, qui est proverbial.

Quoiqu'il en soit, parmi les étrangers qui ont le plus contribué par leurs sacrifices personnels à diminuer le poids de nos désastres, aucun n'a produit parmi nous une plus vive émotion que celui que nous rappelons ici.

Il n'est pas nécessaire sans doute de nommer l'honorable négociant qui a prêté à lui seul la somme de deux millions pour la fabrication de fusils (*), car son nom, que le peuple voulait, dans son enthousiasme, inscrire en *lettres d'or* à la Bourse, restera, nous en sommes certain, gravé dans leur *cœur* comme il l'est dans leur mémoire.

D'autres enfants du royaume des Hellènes ont aussi suivi l'exemple de leur généreux compatriote. Ils ont ainsi payé à la France une ancienne dette de reconnaissance, et prouvé à la cité phocéenne qu'ils se souvenaient de leur commune origine.

« C'est en quelque sorte participer à une bonne action que de la louer de bon cœur. »   LA ROCHEFOUCAULD.

(1) Barthélemy.

(*) Voir le *Sémaphore* du 27 et du 28 septembre 1870.

Si pour se soutenir les artistes s'assemblent,
Mais s'ils sont sans ressource et près de succomber,
Vous conviez soudain tous ceux qui vous ressemblent,
Et vous faites des dons pour mieux les absorber!

Aussi le Roi des rois, qui naquit sous le chaume,
Et qui savait au moins soulager l'indigent,
Vous a-t-il à jamais bannis de son royaume
Si vous ne lui rendez son or et son argent! (1)

L

UN GRAND POÈTE DONNANT LE SECRET
DE LA CONSOLATION HUMAINE.

« A raconter ses maux souvent on les soulage (2), »
Ainsi donc avant moi d'autres l'ont exprimé,
Pourquoi donc un censeur sérieux ou volage
Veut-il que ce transport en moi soit comprimé?

C'est que l'homme accablé des coups de l'infortune
Commet aux yeux des grands une témérité,
Lorsque il ose pousser la plainte inopportune
Qui l'arrache un instant à son obscurité!

(1) « Il est plus aisé qu'un chameau passe par le trou d'une aiguille qu'il ne
l'est qu'un riche entre dans le royaume des cieux. »
(*Matthieu*, XIX. 24).

(2) Corneille.

Mon idéal pourtant, je puis bien le redire,
Est de guider l'enfance au sentier de l'honneur ;
C'est une ambition qu'on ne peut m'interdire
Et qui fera toujours ma gloire et mon bonheur (1)!

Mais j'ai le tort aussi, dont rien ne me corrige,
De ne pas déguiser le but que je poursuis
Et de dire sans crainte à ceux que je dirige
Ce que j'ose penser, et le peu que je suis !

Je n'ai jamais rougi de mon humble entourage,
Je le guide, à cette heure, à l'ombre des cercueils,
Comme un nocher je lutte au milieu de l'orage
Et comme lui je sais braver tous les écueils !

Suivez donc mon exemple avec cette assurance
Que votre but, enfants, sera toujours rempli,
Quand vous le poursuivrez avec persévérance
Et l'ardeur que nous donne un devoir accompli (2).

---

(1) « Notre bonheur ne dépend pas de notre indifférence ou de notre sensibilité, il dépend de l'exercice normal de nos diverses facultés. Nous ne sommes pas heureux pour avoir soupiré pour des malheureux ou pour nous être éloignés de ceux qui souffrent, mais bien pour avoir rigoureusement rempli nos devoirs envers la société. »

J. MACKINTOSH.

(2) « Les grands travaux s'exécutent, non par la force, mais par la persévérance. »

JOHNSON.

LI

LA LEÇON ET LE DINER EN PLEIN AIR.

J'aime, dès le matin, souvent à vous conduire
Sur les monts escarpés ou sous les arbrisseaux,
Où sans grec ni latin, là je vous fais traduire
Les thêmes des forêts, des fleuves, des ruisseaux (1).

Nous faisons en marchant une sainte lecture
De ce Livre sublime, étalé sous nos yeux,
Où nous voyons l'éclat de la gloire future
Qu'aux échos d'alentour disent vos chants joyeux (2).

(1) « Qui fait aimer les champs fait aimer la vertu. »
DELILLE.

  « Enfants ! Aimez les champs, les vallons, les fontaines,
  Les chemins que le soir remplit de voix lointaines,
  Et l'onde et le sillon, flanc jamais assoupi,
  Où germe la pensée à côté de l'épi.
  Prenez-vous par la main et marchez dans les herbes,
  Regardez ceux qui vont liant de blondes gerbes ;
  Epelez dans le ciel plein de lettres de feu,
  Et, quand un oiseau chante, écoutez parler Dieu. »
VICTOR HUGO.. (Les Enfants).

(2) Lorsque par une circulaire toute récente le Ministre de l'Instruction publique vient d'ordonner que les promenades des élèves des lycées soient à l'avenir consacrées aux études géographiques, nous, sans nulle autre impulsion que notre initiative personnelle et l'approbation d'un Comité qui a compris le bien que peuvent faire ces excursions poétiques, nous suivons ce système depuis plus d'un quart de siècle, en y ajoutant, comme corollaire naturel, le chant des cantiques et les leçons orales qui, en présence des merveilles de la création, font une vive impression sur l'esprit des enfants et élèvent leur âme vers l'Auteur de la nature.

Mais comme cette journée entière, passée à courir par monts et par vaux, est plus fatigante et exige même plus de surveillance que celles de l'école, nous avons été autorisé à faire ces courses une fois par mois, un jour de classe.

Je vous redis comment ces glorieux emblèmes
Sont un reflet de ceux qui charment les élus,
Et nous pouvons d'un mot expliquer les problèmes
Que la science et l'art n'ont jamais résolus.

Nous contemplons la mer, qui des rives lointaines,
Apporte sur nos bords des produits somptueux,
J'exalte la valeur des hardis capitaines
Qui bravent les périls des flots impétueux (1).

Nous suivons du regard l'ombre crépusculaire
Qui couvre lentement les montagnes, les près,
Et j'explique comment sous le globe solaire
Brillent des monts errants dans les cieux empourprés! (2)

Si je me plais à faire une telle peinture,
C'est que je me souviens des transports émouvants
Qu'exerçait sur mon cœur le Roi de la nature
Quand jeune j'admirais ses bataillons mouvants!

Puis nous voyons marcher la noire fourmillière,
Qui pour l'hiver ramasse à vos pieds son butin,
Et vous en tirez tous la leçon familière
Qui corrige l'enfant paresseux et mutin!

Vous vous livrez ensemble autour de moi sans crainte,
Aux chaleureux transports d'un bonheur sans égal,
Surtout quand vous pouvez, sans gêne, sans contrainte,
Prendre sur le gazon votre repas frugal!

(1) « Les voyages en pays étrangers font, durant la première jeunesse, une
partie de l'éducation et, dans l'âge mûr, une partie de l'expérience. »
BACON.

(2) « Ce soleil-ci n'est pas le véritable, je m'attends à mieux. »
BUCIS.

Là, je prête l'oreille à vos propos futiles,
Je reprends les gros mots qui vous sont familiers,
Et je reçois de vous bien des leçons utiles
En voyant quels défauts cachent les écoliers !

Je vous raconte alors quelque jolie histoire (1)
Lorsque j'étais petit, mais déjà studieux,
Où pour continuer un labeur méritoire
Je bravais de mes chefs les affronts odieux.

J'avais dix ans, je crois, quand je dis à ma mère :
« Je veux gagner *des sous* pour te faire plaisir, »
Et tout en travaillant je cachais ma grammaire
Dont l'étude charmait mes heures de loisir.

A minuit il fallait entrer à la fabrique
Où dans un four brillant le cristal fond et bout,
Et quand je m'endormais, le talon ou la trique
Apprenait au *gamin* à se tenir debout (2) !

LII

LES CORRECTIONS CORPORELLES.

Vous, lorsque dans l'école on vous tire l'oreille
Pour vous rendre attentifs et plus laborieux,
Vos parents irrités d'une faute pareille
Nous tiennent des propos souvent injurieux.

(1) « Ce que l'histoire peut nous donner de mieux, c'est l'enthousiasme
qu'elle élève dans nos cœurs. »   GŒTHE.
(2) « Même en riant le cœur sera triste et la joie finit par l'ennui. »
                                                  (*Prov.* XIV. 13).

Aussi le résultat aisément se devine :
Vous riez du *pensum* justement mérité ,
Et l'homme en mutilant la Parole divine
Détruit notre influence et notre autorité (1).

Oh ! je suis l'ennemi de toute violence ,
Je ne voudrais jamais employer la rigueur ,
Mais je crois que parfois devant trop d'insolence
Il faut que nous sachions sévir avec vigueur.

Je plains le pédagogue impatient, colère (1),
Dont la voix menaçante inspire la terreur
Et qui, comme un forçat au fond de sa galère,
Pour se faire obéir s'agite avec fureur.

Un bon maître jamais ne prendra l'habitude
De frapper sur l'enfant comme sur son bureau,
Car en veillant sur eux avec sollicitude,
Il doit punir en père et non pas en bourreau !

---

(1) « N'épargne point la correction au jeune enfant ; quand tu l'auras
frappé de la verge, il n'en mourra pas. »

« Tu le frapperas avec la verge ; mais tu délivreras son âme du sépulcre. »
(*Prov.* XXIII. 13-14).

(1) « Ne fais rien dans la colère : mettrais-tu à la voile dans une tempête ? »
DODSLEY.

« Dompte ta colère. »
CATON.

« La colère est une fureur passagère. »
HORACE.

« Il faut toujours laisser s'écouler la nuit sur l'injure de la veille. »
NAPOLÉON, *Mémorial de Sainte-Hélène.*

« Ne frappe jamais dans la colère ; Platon disait à un esclave indocile :
je te fustigerais, si je n'étais pas en colère. »

Je sais quels longs ennuis avec vous il enduré
Et que la schlague a su réformer le Teuton,
Mais comme le mulet ils ont une peau dure
Qui peut sans accident défier le bâton !

La première vertu d'un pédagogue habile
C'est, après la douceur et son humble talent,
Le sang-froid qui devant l'enfant léger, débile,
Le force à réprimer son courroux violent.

LIII

LA PRIÈRE.

Vous ne recherchez pas la prière secrète,
Eh bien, me croiriez-vous, jeunes indifférents :
A votre âge fuyant une foule indiscrète,
J'allais seul dans les bois prier pour mes parents !

Si vous aimez Jésus faites-le lui comprendre
En lui donnant un cœur pur, sincère, fervent,
Et sans de grands discours, qu'on ne peut vous apprendre,
Avec simplicité priez, priez souvent (1) !

Au lever, au coucher, en vous mettant à table,
Quand vous vous préparez à dire vos leçons,
Remerciez toujours le Maître charitable
Qui nourrit les oiseaux et les petits garçons !

(1) « Priez sans cesse. » (I. *Thess*. V. 17).
« Mon fils, donne-moi ton cœur, et que tes yeux prennent garde à mes voies. » (*Prov*, XXIII. 26).

LIV

MON BERCEAU.

Je n'ai jamais caché mon obscure origine,
Mon père maniait la scie et le rabot,
Et vous vous rappelez, du moins je l'imagine,
Que l'herbe au lieu de bas remplissait mon sabot !

C'est que nous étions douze et qu'en un jour tragique
Je devins orphelin mais sans l'avoir compris (1),
Il fallut donc m'armer d'une force énergique
Pour braver des méchants la haine et le mépris (2).

Je donne ici l'exemple à tous ceux que j'élève :
Ne rougissez jamais de votre obscurité,
Mais devenez de ceux que le malheur relève
Et sans honte toujours dites la vérité ! (3)

(1) J'avais un an quand mon père mourut.

(2) « Les personnes sans énergie laissent aller les choses comme elles vont,
espérant toujours que tout ira bien. »

MADAME RICCOBONI.

(3) « La vérité, tel est le premier besoin des mortels ! Que l'homme qui
désire le bonheur, la paix de l'âme, s'attache à la vérité dès l'enfance, afin
de l'avoir plus longtemps pour compagne sur la terre. On pourra se fier à lui ;
mais comment se fier à l'homme trompeur, qui aime volontairement le mensonge ? Loin de nous cette fourberie ! Quelques insensés l'aiment sans le connaître : loin de nous cet aveuglement ! C'est alors qu'on n'a point d'amis ; et
quand les années ont dévoilé ce que vous êtes, votre pénible vieillesse arrive à
travers la solitude au terme de la vie ! Ces infortunés, qu'ils aient ou non ce
qu'ils appellent des amis, une famille, vivent et meurent comme s'il n'y avait
personne autour d'eux.

PLATON.

Ma mère fut toujours austère, courageuse,
Jamais on ne la vit mollement s'assoupir,
Et je demande à Dieu, dans ma vie orageuse,
De marcher sur ses pas jusqu'au dernier soupir! (1)

LV

UNE COURTE PRÉFACE D'UN LONG POÈME.

Si de mes longs ennuis le Seigneur me délivre,
Et si j'avais l'esprit des écrivains savants,
Je voudrais sur cela composer un gros livre
Où vous liriez plus tard des récits émouvants.

Depuis longtemps je garde au fond de mon armoire
Un écho du Désert où je veux publier
De nos illustres morts la pieuse mémoire
Que le monde aujourd'hui sait trop vite oublier..

---

(1) « Il me paraît incontestable que si l'on savait bien l'histoire de ceux qui
se sont distingués par leur dignité de caractère et leurs vertus, on en trouve-
rait neuf sur dix qui devraient ces qualités à leur mère. On ne reconnaît point
assez, en général, combien il importe à l'homme d'avoir une conduite pure et
exempte de blâme dans sa jeunesse. On n'est pas assez persuadé que la plupart
de ceux qui ont cet inestimable avantage en sont redevables à leur mère, et que
le bonheur et la perfection du genre humain tiennent, en grande partie, à l'intelligence et à la vertu des femmes. »

                                                      JOLEN.

« L'avenir d'un enfant est toujours l'ouvrage de sa mère. »
                                                      NAPOLÉON Iᵉʳ.

LVI

UN DES TOURS D'ESCAMOTAGE
D'ALEXANDRE DUMAS.

Si je l'enferme comme une sainte relique
C'est qu'entre nous auteurs parfois nous nous trompons,
C'est ainsi que naguère une main famelique
M'enleva poliment *L'Ermite de Saint-Pons* (1).

Voilà comme on agit dans ce monde frivole :
Notre flamme en secret répand quelques lueurs ;
Notre idée est nouvelle, un autre nous la vole,
Et s'enrichit parfois du fruit de nos sueurs !

(1) Lorsque Alex. Dumas passa à Marseille, en 1858, je cédai aux sollicitations d'un de ses nombreux admirateurs, comme je l'étais moi-même, et je lui présentai la dédicace de ce drame en vers, en cinq actes et en sept tableaux (*), fruit de quatre ans de veilles et d'études. Il me demanda le manuscrit que je m'empressai de lui porter. Quelques jours après, il partit en me disant qu'il me le renverrait de Paris ; non seulement il n'a pas tenu sa promesse, mais il n'a même pas daigné répondre aux lettres que je lui écrivais pour lui réclamer cet ouvrage.

N'ayant pas eu la précaution d'en conserver une copie, l'œuvre est donc entièrement perdue pour moi, car M. Al. Dumas fils, même, a imité la politesse de son père lorsqu'il y a quelques années, je le priai de faire des recherches dans la bibliothèque et le mobilier mis en vente après la mort de l'auteur prétendu de : *Catherine Howard*, des *Trois Mousquetaires*, de la *Tour de Nesle*, d'*Ange Pitou*, de *Caligula*, de *Monte-Cristo*, etc., etc. (Voir *Les Portraits contemporains*, par Eugène de Mirecourt).

Si je parle aujourd'hui d'un travail fait il y a si longtemps, ce n'est pas pour exprimer des regrets de n'avoir pas réussi, car l'expérience, et surtout mes

(*) Cette dédicace paraîtra dans *Un Echo du désert* avec quelques scènes du drame retrouvées dans mes papiers.

Je voudrais vous montrer de plus beaux caractères,
Mais pour y parvenir mes efforts seraient vains,
Si loin de les chercher parmi les gens austères,
Je croyais les trouver chez nos grands écrivains!

Ce qui manque au pays ce n'est pas le génie,
En maître, parmi nous, il dicte ses arrêts,
Ce sont les hommes droits qui bravant l'ironie
Préfèrent le devoir à de vils intérêts (1).

épreuves domestiques, ont tourné mes idées vers un but plus sérieux et plus
conforme à ma vocation. Je veux encore faire servir ici mes propres déceptions
à l'enseignement des jeunes gens qui peuvent avoir les mêmes goûts, les
mêmes illusions, et qui, en voyant toutes leurs espérances déçues, la tête
pleine des scènes tragiques qu'ils ont créées, n'ont pas toujours le courage de
résister aux énervantes suggestions du désespoir, et aspirant à une sorte de
célébrité malsaine que l'exaltation théâtrale fait malheureusement naître, donnent à leur drame son dénouement fatal : le suicide de l'auteur !

J'avais cependant, en composant cette œuvre, d'une couleur toute locale, un
projet qu'ont rarement les auteurs en débutant dans cette périlleuse carrière :
je voulais moraliser et même évangéliser la scène. Certes, si une telle ambition
pouvait faire battre le cœur de tous nos dramaturges et de tous nos écrivains,
je crois que la régénération de la France, ce beau rêve des vrais patriotes de
toutes les religions et de toutes les opinions, ne serait pas un problème si
difficile à résoudre.

Quoiqu'il en soit, si je voulais démontrer ici le tort qu'Al. Dumas a pu me
faire et si un sentiment que le lecteur comprendra ne m'arrêtait pas, je ferais
connaître le jugement qu'a porté sur ma pièce un littérateur dont la compé-
tence ne peut être mise en doute par personne, M. Paul Bocage ; mais sa
lettre adressée à un de ses amis qui lui avait demandé son opinion renferme
des expressions si élogieuses pour moi que, malgré les défauts qu'il signale, je
n'ose la transcrire.

(1) « La vertu ordinairement n'est pas assez souple pour ménager la faveur
des hommes ; et le vice qui met tout en œuvre est plus actif, plus pressant,
plus prompt, et ensuite il réussit mieux que la vertu qui ne sort pas de ses
règles, qui ne marche qu'à pas comptés, qui ne marche que par mesure.

L'homme injuste peut entrer dans tous les desseins, trouver tous les expé-
dients, entrer dans tous les intérêts ; à quel usage peut-on mettre cet homme
si droit qui ne parle que de son devoir ? Il n'y a rien de si sec ni de moins
flexible ; et il y a tant de choses qu'il ne peut pas faire, qu'à la fin il est regardé

LVII

LA COMMUNE A MARSEILLE.

Observez des partis quels sont les vrais mobiles...
Est-ce notre bonheur qui sait les émouvoir ?
Non, ils sont pour cela trop adroits, trop habiles :
Ils veulent s'enrichir en montant au pouvoir !

Je ne veux pas ici vous parler politique,
Et cependant, amis, je dois vous avertir
Que si vous ne fuyez cette race sceptique
Son exemple fatal pourra vous pervertir.

Rappelez-vous un peu nos révoltes locales,
Quand les chefs ont compris qu'ils couraient un danger
Qu'ont ils fait pour sauver les foules radicales ?
Ils ont rempli leur poche et fui chez l'étranger !

Maintenant battez-vous, ô pères de famille,
Jeunes-gens, tuez-vous pour notre fier drapeau,
Nous, nous vous attendrons sous l'orme ou la charmille
Mais à l'abri d'abord nous mettons notre peau !!!

comme un homme qui n'est bon à rien, entièrement inutile. Ainsi, étant inutile, on se résout facilement à le mépriser, ensuite à le sacrifier à l'intérêt du
plus fort et aux pressantes sollicitations de cet homme de grand secours, qui
n'épargne ni le bien ni le mal pour entrer dans nos desseins, qui fait remuer
les intérêts et les passions, ces deux grands ressorts de la vie humaine. »
                                                                    BOSSUET.

Arrière, vils sauteurs, odieux saltimbanques !
Allez chez les forçats recruter du renfort,
Vous avez fait crouler les palais et les banques,
Car pour vous la Patrie était le coffre-fort !!

LVIII

LA VOLUPTÉ DES INFORTUNÉS.

Tandis que je m'égare avec mes rêveries
A l'ombre des cyprès comme un faible roseau,
Des troupes d'écoliers jouant dans les prairies
Mêlent leur voix joyeuse à celle de l'oiseau !

Le soleil radieux embellit la nature,
L'airain jette sa note au bruit de ce concert,
Et moi, dont nul ici ne comprend la torture,
Je mouille de mes pleurs l'herbe de ce désert !

En torturant ainsi ma blessure saignante,
La mort semble sourire à mon regard éteint,
Et pour mieux savourer ma souffrance poignante,
J'enfonce plus avant les traits qui m'ont atteint ! (1)

Puis j'erre en soupirant autour des cénotaphes
Qui sont couverts de fleurs, ombragés de cyprès,
Où le burin traça sur bien des épitaphes
Des regrets oubliés quelques instants après !

(1) « Souvent le chagrin devient la volupté d'une âme infortunée. »
SÉNÈQUE.

Les ronces ont mordu les vastes mausolées
Qui semblaient défier les âges à venir,
Les enfants que guidaient des mères désolées,
Ont des pères perdu le pieux souvenir!

Et le Temps qui sur tout passe sa faux avide
A détruit le sépulcre et ses blasons dorés,
Et les herbes croîtront sur chaque tombe vide
Qui renfermait pourtant des êtres adorés!

Et moi qui plains ici cette inconstance humaine,
Peut-être que bientôt, oubliant mon malheur,
Je fuirai de la mort le lugubre domaine,
Car rien n'est éternel, pas même la douleur!!

LIX

LES VISITES DU DIMANCHE
AU CHAMP DU REPOS.

Mais d'où vient aujourd'hui la foule qui s'approche ?
C'est le jour du Seigneur, et fantômes errants,
Les frères, les amis qui pleurent quelque proche
Viennent les embaumer de bouquets odorants!

Sainte coutume, hélas! que tant d'autres ignorent!
Mais qui renferme en elle un germe précieux,
Car ceux qui versent là des pleurs qui les honorent
Y respirent un air fatal aux vicieux!

LX

INFLUENCE DU PORTRAIT
ET DE LA TOMBE DE NOS BIEN-AIMÉS.

Oui! de tes traits bénis la douce et sainte image,
Et ta tombe qui brille à mon œil abattu,
Me font rendre au Seigneur un légitime hommage
Et m'inspirent toujours l'amour de la vertu! (1)

Sous notre toit souvent je t'appelle et je pleure,
Et ton portrait, qui seul semble me regarder,
Contre le désespoir qui me trouble à cette heure
Cherche par un sourire à me sauvegarder!

Ne tressailles-tu pas lorsque rêveur, morose,
Avec nos orphelins que je guide souvent,
Nous ornons le cyprès, le jasmin et la rose
Pour les mettre à l'abri de la pluie et du vent?

Oui, le bruit de leurs pas t'agite, te remue,
Et de leur voix, l'écho tendre, retentissant,
Fait sans doute là-haut vibrer ton âme émue
Et sur eux arrêter ton regard caressant!

Et quand je gravis seul la montagne escarpée
Où voulut te guider la science aux abois,
Je crois t'entendre dire : « *Oh! je me suis trompée,*
C'est la mort qui m'attend à l'ombre de ces bois! »

(1) « *La vertu* est comme un parfum dont on ne sent toute la bonne odeur
que lorsqu'on les brûle ou qu'on les écrase ; car si la prospérité est ce qui dévoile les maux, les vices, le malheur est ce qui fait le mieux éclater la vertu. »
BACON.

Sais-tu quel souvenir me trouble en ma disgrâce?
C'est lorsqu'interrompant nos pieux entretiens,
Muette, tu semblais implorer une grâce,
Et tes yeux égarés interrogeaient les tiens.

Oh! tu devais sans doute alors vouloir leur dire
Tout ce que tu souffrais en ces cruels moments,
Ou qu'ils devaient aimer au lieu de le maudire
Le Dieu qui seul pouvait adoucir tes tourments!

LXI

L'OMBRE FUNÈBRE SOUS LE TOIT VIDE.

Depuis bientôt huit mois que j'erre triste, sombre (1),
Je me demande encor parfois en frémissant,
S'il est vrai que tu sois morte lorsque ton ombre
Semble m'envelopper partout en gémissant!

Parfois dans mon foyer je crois encore entendre
Le doux bruit de tes pas pénibles, chancelants,
Ou, pendant mon sommeil, ta voix plaintive et tendre,
Qui m'éveille au milieu de rêves consolants!

Je me souviens ici des entretiens funèbres
Que nous avions tous deux, souvent après minuit,
Lorsque de ton esprit dissipant les ténèbres
Je veillais près de toi le jour comme la nuit!

(1) 18 novembre 1872.

Tu voulais voir les champs, les forêts, la verdure,
La campagne étalant ses verdoyants tapis,
Voilà que pour charmer les tourments que j'endure
Avril vient les montrer à mes yeux assoupis !

Mais toi que contemplait souvent notre œil avide
Et qui nous ravissais par ton divin concert,
O terre, maintenant comme tu parais vide,
Et tu n'es plus pour moi qu'un immense désert !

LXII

LE PRINTEMPS SANS ELLE.

La nature est toujours jeune, resplendissante,
Comme une fiancée après un long sommeil,
Elle va dérouler sa robe éblouissante
Et couvrir sont front pur de son voile vermeil !

Mais moi, déjà brisé par des travaux arides
Auxquels dès mon berceau je me sentais enclin,
Je vois que sur mes traits les pleurs creusent des rides
Qui viennent m'annoncer l'heure de mon déclin !

Sans *Elle*, que me font ces splendeurs tutélaires ?
Elles ne m'offrent plus qu'un aspect effrayant,
Et lorsque j'erre seul dans les bois séculaires
Je crois y rencontrer son regard souriant !

La cascade qui suit sa course aventureuse,
Loin de me réjouir augmente mon effroi,
Car du profond torrent la voix cadavéreuse
Ressemble aux longs sanglots que pousse le beffroi !

Philomèle bientôt avec sa mélodie
Réjouira ces lieux, où son chant me charmait,
Mais moi, seul, admirant la forêt reverdie,
Je prêterai l'oreille à ce bruit qu'elle aimait.

Je crois t'apercevoir remplissant tes corbeilles
Des plantes où s'ébat le brillant papillon ;
Je te vois poursuivant l'insecte, les abeilles
Qui menacent tes doigts d'un cruel aiguillon !

D'une Muse empruntant les grâces et l'allure,
Du bosquet que j'aimais tu suis l'étroit chemin,
Et pour charmer mes yeux ta longue chevelure
S'émaille de lilas, de rose, de jasmin !

C'est là que parcourant les superbes allées
Nous formions tant de vœux et de projets charmants,
Et que ma voix vibrant à travers les vallées
célébrait le bonheur de deux jeunes amants !

Voici la roche nue au pied de la chapelle (1)
Où je traçai deux noms que l'herbe a recouverts !...
Maxcellante est le sien, vainement je l'appelle...
Mais il brille là-bas sous d'autres rameaux verts !

(1) Cette chapelle et cette cascade existent réellement dans un des plus beaux sites des environs de Marseille.

Et quand dans la cité je reviens taciturne,
Ma souffrance redouble à l'aspect de la mer
Qui baigne le vieux Fort, où ma barque nocturne
Autour de ton foyer fendait le flot amer.

J'aperçois ton mouchoir qui s'agite à ma vue,
Je m'approche joyeux de l'humide rempart,
Et sous ton humble toit ma présence imprévue
Ramène le bonheur qu'a troublé mon départ !

Ah! que sont devenus ces songes, ces chimères,
Et que me reste-t-il de cet heureux printemps?
Quelques débris épars et des fleurs éphémères
Qui disparaîtront même aux injures du temps!

LXIII

LA SOLITUDE DANS LA VILLE.

J'aime à me perdre aussi parmi la multitude
Pour ouïr ses clameurs et ses concerts joyeux (1),
Mais là même je trouve encor la solitude
Et les larmes parfois obscurcissent mes yeux.

Je demande au passant ce qu'il croit, ce qu'il pense,
Et chacun me répond : A l'argent, aux plaisirs !
Quant à Dieu, comme aux biens que sa main nous dispense,
Nul n'en fait en ces lieux l'objet de ses désirs !

---

(1) « Les poètes sont des oiseaux, tout bruit les fait chanter. »
CHATEAUBRIAND.

Et ces robes de deuil et ces tristes visages,
Dont un voile discret nous cache la pâleur,
Ne semblent m'annoncer que sinistres présages,
Et je ne vois partout que traces de douleur !

Et je songe en voyant la foule qui s'agite
Que dans un siècle au plus, peut-être en quelques jours
Tous seront descendus au fond du sombre gîte,
Et leurs noms avec eux périront pour toujours ! (1)

Et c'est là cependant que le vice s'étale (2),
Que sans contrainte il rend ses funestes arrêts,
Plutôt que de subir sa présence fatale,
Je retourne au milieu des tombeaux, des forêts !

LXIV

A CEUX QUI OUBLIENT LEURS MORTS.

O vous qui délaissez ces dépouilles chéries,
Si vous voulez calmer l'aiguillon du remord,
Portez-y donc au moins des couronnes fleuries
Le jour de leur naissance et celui de leur mort !

(1) « Pensons quelquefois au malheur comme on pense au caractère des personnes avec lesquelles on pourra se trouver obligés de vivre un jour. La réflexion donne une expérience anticipée ; elle ôte au malheur cet air de nouveauté qui le rend effrayant. »
DROZ.

(2) « On se corrige quelquefois mieux par la vue du mal que par l'exemple du bien, et il est bon de s'accoutumer à profiter du mal puisqu'il est si ordinaire au lieu que le bien est si rare. »
PASCAL.

Entourons de respect ces tombeaux, cette cendre
Que foulent sous leurs pieds le passant, le songeur,
Car bientôt il faudra nous résoudre à descendre
Parmi ceux que dévore un avide rongeur !

Et nous passons nos jours dans des plaisirs immondes
Cherchant avidement l'oubli du Créateur,
Dont la main dans l'espace a jeté tous ces mondes
Où se dresse pour nous la croix du Rédempteur !

LXV

LA NUIT, SES BEAUTÉS ET SES LAIDEURS.

Mais déjà de la nuit le long voile retombe,
La Nature à mes cris semble aussi s'émouvoir,
Il faut donc m'éloigner de cette chère tombe
Que dans un songe heureux je vais bientôt revoir,

Dans la grande cité dont le bruit m'importune,
Le crime en ce moment tend ses piéges nombreux,
L'avare en caressant ses rêves de fortune,
Fait pour le lendemain des calculs ténébreux !

Les théâtres, les bals et les honteux refuges,
Où le vice impudique étale ses appas,
Appellent dans leur sein de malheureux transfuges
Qui vont y recueillir le germe du trépas! (1)

(1) « Il y a des vices qui ne tiennent à nous que par d'autres, et qui, en
ôtant le tronc, s'emportent comme des branches. »
PASCAL. (*Pensées*)

Les flambeaux qui là-bas illuminent les rues
Semblent se balancer sur des cyprès mouvants;
Et les concerts lointains des foules accourues
Ebranlent ces tombeaux qu'habitent des vivants !

Et la céleste armée aux pures oriflammes
Se range en s'inclinant devant son Souverain
La Reine de la Nuit brille aux milieu des flammes
Sans que son doux regard touche ces cœurs d'airain !

Spectacle ravissant, triste, mélancolique,
Tu me fais éprouver souvent un doux émoi,
Lorsque je crois ouïr une voix angélique
Qui descend de la nue en me disant: « C'est moi ! »

O Socrate ! ô Platon ! votre noble génie
A pris à ce tableau son vol plus radieux,
Car il a proclamé la grandeur infinie
De l'Être qu'outrageait l'idolâtre odieux !

LXVI

Le jour n'a qu'un soleil qui sonde les abîmes
Et charme nos regards par ses vives couleurs,
Mais la nuit en a mille et leurs beautés sublimes
Du mortel qui soupire adoucit les douleurs !

Muse, fille du ciel, prends, prends ton vol rapide
Et m'élève avec toi sur ton humble trépied :
Chante le firmament pur, serein et limpide
Qui sert au Roi des rois de brillant marchepied ! (1)

(1) « Nos pensées habituellement élevées, toujours sereines et quelquefois rêveuses, donnent à notre âme la gaieté pure et vraie. » DROZ.

Astres qui célébrez le Dieu que je contemple,
Dites en parcourant les hautes régions,
Si vous n'éclairez pas la terre comme un temple
Où vont se prosterner les saintes légions ! (1)

Dites-nous si Celui que la gloire environne
N'a pas dans votre sein uni les immortels,
Dont les bras rayonnants soutiennent la couronne
Que mille chars de feu jettent sur vos autels !

Mystère !... et cependant sur ces divins parages
Nous voyons se mouvoir un grand peuple d'élus,
Qui naufragés sauvés de terribles orages,
Charment par leur éclat nos cœurs irrésolus ! (2)

J'excuse le païen qui contemplant l'espace
Vous adore, saisi de crainte et de respect,
Mais je ne comprends pas l'homme éclairé qui passe
Sans paraître touché de ce superbe aspect !

LXVII

LE JEU, L'ART ET LA LITTÉRATURE,
COMPLICES DE LA CORRUPTION DES MŒURS.

Voyez-les, ces rieurs, à ces heures nocturnes,
Le jeu les réunit sous leurs toits fastueux,
O foudres, réveillez ces joueurs taciturnes
Qu'aveuglent de l'amour les traits voluptueux.

(1) « La parole de Dieu est un acte, et le monde est son discours. »
PORPHYRE.
(2) « Notre vie est semblable à une chambre obscure: les images d'un autre monde s'y retracent d'autant plus vivement qu'elle est plus sombre. »
JEAN-PAUL.

De leurs yeux obscurcis faites tomber le voilé
Qu'ils s'ouvrent aux attraits des monts silencieux !
Et qu'ils rendent hommage au Dieu qui se dévoile
Dans l'espace infini de la terre et des cieux !

Que les globes roulant sur leur tête flétrie
Leur prêchent du Très-Haut la bonté, la grandeur,
Et leur fassent chercher la céleste patrie
Dont la voûte azurée étale la splendeur !

Artistes, écrivains, contemplez ces étoiles,
Et si vos fronts rêveurs portent un divin sceau,
Vous sentirez qu'il faut pour illustrer vos toiles
Dans l'Ether lumineux tremper votre pinceau (1).

Mais le littérateur et le peintre infidèles,
Qui ne cherchent dans l'art que ses riches produits,
Dans la fange souvent vont prendre leurs modèles
Pour avoir les faveurs des grands qu'ils ont séduits.

---

(1) « Il me fut donné en naissant, comme gage assuré de ma vocation, cet
amour du beau qui, dans deux arts me guide et m'éclaire ; mais jamais je ne
contemple la beauté que pour élever ma pensée avant de peindre ou de sculpter.
Laissons des esprits téméraires et grossiers ne chercher que dans les objets
matériels ce beau qui émeut, qui transporte les esprits supérieurs jusqu'au
ciel. Ce n'est pas à des regards infimes qu'il est donné de s'élever de l'homme
jusque vers Dieu, ils essaieraient vainement d'arriver où la grâce seule peut
conduire. »   MICHEL-ANGE.

« Tranquillité, tu étais le but souverain dans les écoles païennes de la
science philosophique ! Esclave soumise du fatal destin, la muse de la tragédie
t'avait voué son culte pensif ; la sculpture s'était emparée de ce que l'Élysée
pouvait promettre d'espérance, pour rendre la paix à l'âme de ceux auxquels
la mort avait ravi l'objet aimé. Mais celui-là seul a réchauffé notre être aux
rayons de sa glorieuse lumière, qui a mis sur son front ensanglanté l'auréole
de la couronne d'épines. Après sa venue, les arts, qui n'avaient encore puisé
que grâce et douceur aux sources ombragées de l'infini, abordèrent sa grande
idée face à face ; et ils tournent maintenant autour d'elle, comme les planètes
autour du soleil, chacune dans son orbite. »
                                        WORDSWORTH.

Et nous nous étonnons qu'avec de tels Mécènes
Tant d'hommes aient naguère oublié leur mandat !
C'est qu'ils ont trop goûté ces peintures obscènes
Qui corrompent le cœur du peuple et du soldat !

Combien de jeunes gens et des filles timides
Ont vu dans un roman s'égarer leur raison,
Et je retrouve, hélas! sous ces herbes humides
Bien des êtres tués par ce mortel poison !

Quel désordre, quel mal fait aussi la peinture
Dans le cœur enflammé de nos adolescents,
Qui par les nudités qu'on leur donne en pâture
Perdent bientôt le goût des plaisirs innocents (1).

(1) Longtemps avant la guerre, alors que par des mœurs austères et par la diffusion des lumières, nous devions nous préparer à une lutte formidable, des spéculateurs avaient trouvé le moyen de s'enrichir en faisant pénétrer les images les plus obscènes dans la mansarde du pauvre, par la vente sur la voie publique et ailleurs de certaines petites boîtes à l'usage des fumeurs. Or, comme cette honteuse marchandise n'était refusée à personne, pas même aux enfants, qui en faisaient eux-mêmes le trafic, on peut se faire une idée des ravages qu'elle a pu causer sur ces jeunes imaginations.

L'administration supérieure républicaine, a qui revient l'heureuse initiative d'avoir fermé les portes des cafés aux jeunes femmes de service, celles des buvettes aux mineurs, et à qui nous devons la loi si utile contre l'*ivresse publique*, fera, nous l'espérons, complètement disparaître ce commerce immoral comme il va bientôt expulser de quelques rues des environs du Grand-Théâtre qui portent des noms illustres, certaines habitantes qui les déshonorent.

Voici ce que nous écrivions en 1860, au sujet de l'ivrognerie dans : *Trois bustes à relever et une statue à élever*, page 10.

« Les législateurs n'ont pas jusqu'à présent établi de pénalité contre l'ivrognerie, ce fléau des familles, ce scandale des rues, et cependant nul n'ignore que ce vice dégradant est la source de bien des désordres, de bien des crimes.

« On renferme les fous, et les ivrognes, cette autre espèce de fous, non moins dangereux, ont le privilége de circuler librement au milieu de la foule, d'épouvanter les enfants, d'insulter les femmes, sans que les pères et les

LXVIII

SOUVENIR D'UNE VISITE FAITE LE 12 MAI 1873
AUX ÉCOLES PROTESTANTES DE LA RUE DU
PLATANE, PAR MONSIEUR LIMBOURG, PRÉ-
FET DES BOUCHES-DU-RHONE, ACCOMPA-
GNÉ DE TROIS MEMBRES DU CONSEIL D'HY-
GIÈNE.

Cependant un mortel qu'en ces lieux on honore,
En s'entourant d'appuis fermes et courageux,
Pour détruire le vice honteux qui déshonore,
Va bannir de nos murs certains foyers fangeux (1).

Noble représentant de la magistrature,
Qui par de justes lois réglez notre destin,
Daignez me pardonner lorsque je m'aventure
A tenir devant vous un langage enfantin.

maris aient le droit d'en tirer vengeance, car l'ivresse, comme la folie, jouit
devant les tribunaux du bénéfice des circonstances atténuantes.

« Si un jour, un nouveau Lycurgue vient à régner sur la cité phocéenne,
nous sommes persuadé qu'il s'empressera de prélever un impôt sur les ivrognes, comme on le fait depuis quelques années sur certains animaux domestiques. »

Sans vouloir ici m'ériger en prophète, ne semble-t-il pas que j'avais alors
comme un pressentiment de ce qui devait arriver plus tard ?

Ah ! si le don d'intuition et de déduction n'est pas étranger aux poètes,
puissé-je aussi ne pas me tromper lorsque je m'adresse : *A ceux qui repren-
dront l'Alsace et la Lorraine !*

(1) Arrêté du 12 mai, contre les maisons de prostitution.

Vous nous avez prouvé quelle ardeur vous inspire
Pour former la jeunese à d'austères penchants,
Et comment les puissants contre qui l'on conspire
Nous donnent des vertus les exemples touchants.

Le pauvre, l'orphelin, le fils du prolétaire
Vous ont ouï, content de leurs faibles essais,
Leur dire: « Du travail le loisir salutaire
Vous rendra vertueux et surtout bons Français. »

C'est ainsi qu'autrefois l'empereur magnanime,
Qui foula sous ses pieds le Teuton insoumis,
Montrait pour l'écolier l'attrait qui vous anime
Et guidait vers le bien leurs pas mal affermis.

Ainsi quiconque sait imiter Charlemagne
Est digne comme lui de monter au pouvoir,
Et pour nous préparer à vaincre l'Allemagne
De nous faire aiguiser le glaive du savoir !

Vous avez enseigné, par votre bienveillance (1),
A tous ceux qui sur nous ont un titre légal,
Qu'ils doivent exercer leur juste surveillance
Sans nous faire fléchir sous un joug inégal.

LXIX

La rivale d'Athène a perdu son prestige,
Son forum enrichit le marchand, le marin;
Des sciences, des arts, ils foulent tout vestige,
Que relèvent un peu la lyre et le burin.

(1) « La bienveillance donne plus d'amis que la richesse et plus de crédit
que le pouvoir. »

Elle peut avec vous briller d'un nouveau lustre
Comme un nouveau Lycurgue, ardent législateur,
Vous pouvez sur les pas de ce modèle illustre,
Par les lettres dompter l'esprit conspirateur (1).

LXX

C'est par l'instruction gratuite, obligatoire,
Que la France prendra sa place au premier rang,
Et quand vous soutenez ce labeur méritoire
Vous faites parmi nous l'œuvre d'un conquérant.

Si le riche touché de votre exemple utile
Se montrait comme vous bon, doux, affectueux (2),
Combien d'êtres flétris par la haine subtile,
Auraient pu devenir des hommes vertueux.

---

(1) « L'homme sans instruction est un puissant agent de désordre et un dé-
testable instrument de production. Imprévoyant, incapable de se procurer l'aisance par un travail bien conduit, il est toujours prêt à quitter l'outil ou la
bêche pour prendre le fusil et à exploiter la grande route plutôt que la terre. »
    (L'Instruction du Peuple, par Emile de Laveleye, p. 13.)
    « Donnez le suffrage à un peuple ignorant, et il tombera aujourd'hui dans
l'anarchie, demain dans le despotisme. Un peuple éclairé, au contraire, sera
bientôt un peuple, et sa liberté, il la conservera, car il saura en faire un bon
usage. Les pouvoirs arbitraires ou usurpateurs ne durent que par la faiblesse
de la raison publique, leur seul appui et leur seul prétexte.
    L'émancipation véritable, définitive, est celle qu'assure l'instruction péné-
trant jusque dans la dernière maison du dernier hameau. Précédé ou suivi de
près par la diffusion de l'enseignement, le suffrage universel est l'exercice
d'un droit et une source certaine de force et de grandeur ; accompagné de
l'ignorance persistante, il est et sera l'origine de maux incalculables. »
                        (Idem, p. 6 et 7.)
    (2) « Il n'y a que les grandes âmes qui sachent combien il y a de gloire à
être bon. »
                        SOPHOCLE.

Mais le dédain des grands les irrite, les blesse :
Ils voudraient s'abreuver du sang des potentats,
Et l'opulent railleur qui rit de leur faiblesse,
Par son mépris les pousse aux plus noirs attentats !

Relevez à nos yeux les travaux agricoles,
Afin d'y rattacher tous les cultivateurs,
Et que l'on puisse voir dans toutes les écoles
Cet art mieux enseigné par les instituteurs.

Combattez, s'il se peut la coutume coupable
De laisser pour le nombre un maître insuffisant,
Car fût-il dévoué, patient et capable,
Il succombe bientôt sous ce fardeau pesant (1),

---

(1) Empruntons encore au remarquable ouvrage de M. de Laveley quelques renseignements sur ce sujet :

« Dans le grand Duché de Luxembourg, toute école ayant plus de quatre-vingt-dix élèves doit avoir un sous-maître. » (Page 240.)

« En Suisse, le maître d'école est ordinairement un homme instruit, considéré dans le village, indépendant, parfaitement rétribué. » (Page 314.)

« Dans les villes de l'Amérique, l'instituteur en chef touche au moins 5,000 fr. ; à New-York, son traitement monte à 7,750 fr. ; à Philadelphie, sept instituteurs ont 9,000 fr. ; à San-Francisco (Californie), on trouve deux instituteurs à 12,500 fr., et dix à 10,500 fr. A Saint-Louis, dix ont 10,000 fr. » (Page 351.)

Dans le Danemark, on a fixé depuis quelques années à quarante le plus grand nombre d'élèves pour un seul instituteur, et leur traitement varie de 2,156 à 3,384 fr.

Voilà, certes, un petit État qui nous donne de grandes leçons.

Entre le Nord et le Midi, il y a aussi une différence qui n'est pas à notre avantage. Ainsi à Paris, où les vivres sont moins chers qu'à Marseille, à cause de la fertilité de son sol et parce que les produits de tous les départements y affluent, le minimum du traitement des instituteurs titulaires est de 2,000 à 2,200 fr., tandis que c'est le maximum dans notre ville.

Il est bon de rappeler aussi ce que les journaux nous ont appris, sous l'Empire, où de tels faits étaient rares, que la Municipalité de la petite ville

7

Il en est parmi nous que la faim meurtrière
Force de perdre ailleurs des dons bien excellents,
Mais si l'on élevait un peu notre carrière
On y conserverait plus d'hommes de talents.

LXXI

Alors mieux inspirés, par un juste salaire,
On les verrait remplir sans crainte leur mandat
Et former sous les yeux d'un pouvoir tutélaire
L'honnête citoyen et le hardi soldat!

LXXII

UNE DES CAUSES DE LA DÉCADENCE
INTELLECTUELLE
ET MORALE DE LA JEUNESSE.

A cette heure peut-être au milieu de l'orgie,
Tandis que l'ennemi souille le sol natal,
Une foule ne montre un reste d'énergie
Que pour faire applaudir un spectacle fatal.

d'Enghien avait porté à 3,000 fr. le traitement de son instituteur, et cela sans
cumul d'emplois !
Nous avons vu il y a quelques années à Marseille et ailleurs, des écoles de
plus de cent soixante élèves dirigées par un seul instituteur, mais depuis que
l'enseignement mutuel, malgré les services incontestables qu'il a rendus, est
tombé en désuétude, et que la dernière guerre nous a éclairés sur l'une des causes
de nos désastres, de sages réformes, dues à l'initiative des amis de l'instruction.

Plusieurs qu'auront du vice égarés les images,
Pour renaître au bonheur demain s'éveilleront,
Et ceux qui pour le ciel réservent leurs hommages,
Tristes et loin du bruit peut-être pleureront !

Justice du Très-Haut, n'es-tu qu'un mot sonore
Dont se rit le méchant comblé de tes bienfaits?...
Non, celui qui t'offense et qui te déshonore
Recevra tôt ou tard le prix de ses forfaits !

LXXIII

LA CHAMBRE DU PAUVRE INFIRME.

Tandis que le plaisir fait aussi des victimes,
L'indigent vertueux, mais timide et discret,
Pousse au milieu des siens des plaintes légitimes
Sur un mal meurtrier qui le ronge en secret.

Le matérialiste insensible, cupide,
Qui craint de la douleur le funèbre appareil,
Devant l'obscur réduit marche d'un pas rapide,
Car il n'ose affronter un spectacle pareil.

de tous les partis et de toutes les religions, ont été opérées sur ce point important.

Nous avons donc l'espoir que l'exemple que nous avons emprunté à une monarchie sera un jour suivi par la République, car il n'est point de gouvernement qui ait plus besoin que celui-là de combattre l'ignorance afin de pouvoir réaliser le mot admirable de Bacon : « Science est puissance ! »

Il en est cependant dont la main anonyme
Calme les maux secrets de bien des malheureux,
Ce sont ceux que l'amour de l'Evangile anime
Ou que dirige un cœur sensible et génereux !

LXXIV

LA VISITE DU PASTEUR.

Mais un homme pieux entre dans la chaumière
Où le pauvre oublié gémit sur son grabat,
Il lui parle, et ses yeux s'ouvrent à la lumière
Qui seule le dirige à l'heure du combat !

O chrétiens dévoués, combien je vous vénère
Lorsque vous affrontez le sceptique railleur
Pour annoncer la foi qui sauve, régénère,
Et promet aux croyants un avenir meilleur.

La foule qui s'enivre avec ses chants sinistres
Applaudit contre vous aux efforts des mondains,
Mais le bras qui vous guide, ô fidèles ministres,
Vous fera triompher de leurs amers dédains !

Mais non, frères, votre âme est trop grande, trop belle
Pour souhaiter que Dieu punisse un tel affront;
Vous demandez plutôt que ce peuple rebelle
Aux pieds du Rédempteur vienne courber le front !

Ah! si notre jeunesse, aujourd'hui si volage,
Marchait sous votre égide au sentier du devoir,
Les biens dont les pervers font un triste étalage
N'auraient pas sur leur cœur un funeste pouvoir (1).

LXXV

LE RATIONALISME ET LE MATÉRIALISME
CONDAMNÉS PAR LEURS FRUITS.

Mais vous avez aussi des rivaux à combattre,
Qui du Radicalisme arborant le drapeau,
Croient qu'avec la raison ils peuvent vous abattre
et du divin Berger disperser le troupeau !

Ils veulent amoindrir la mort expiatoire
Du Fils qui du tombeau sortit victorieux,
Et si l'on écoutait leur voix blasphématoire,
Le monde n'aurait plus de Sauveur glorieux !

Comme d'autres Judas ils trahissent leur maître...
Leur gain ?... C'est le renom sans doute hasardeux.
Le fruit de leurs efforts ? C'est que l'infâme traître
A des imitateurs de son trépas hideux ! (2)

---

(1) « Il y a deux mondes : l'un où l'on séjourne peu et dont l'on doit sortir pour n'y plus rentrer ; l'autre où l'on doit bientôt entrer pour n'en jamais sortir. La faveur, l'autorité, les amis, la haute réputation, les grands biens, servent pour le premier monde ; le mépris de toutes ces choses sert pour le second. Il s'agit de choisir. LA BRUYÈRE.

(2) Cette appréciation, qui peut paraître sévère au point de vue dogmatique, n'ôte rien au caractère privé des rationalistes, parmi lesquels le Protestan-

Oui, nos divisions, nos luttes fratricides,
Font souvent contre nous retourner bien des traits,
Et si le désespoir fait tant de suicides
C'est que notre Evangile excite peu d'attraits !

Le peuple qui n'a pas acquis tant de science
Pour discerner le bien du mal qui le séduit,
Au bruit de la bataille endort sa conscience
Et marche indifférent où son cœur le conduit !

Mais les froids partisans du Rationalisme
Tendent ainsi la main à tous les novateurs
Qui veulent relever le Matérialisme
Pour que le Saint des saints n'ait plus d'adorateurs.

Désormais l'affligé que la douleur accable
Ne doit plus invoquer un Sauveur impuissant,
Mais écouter la voix d'une tourbe implacable
Qui fonde du démon le régne florissant !

tisme, comme le Catholicisme, compte des hommes de bien, d'excellents pères
de famille, des philanthropes aussi généreux que dévoués, et même des célé-
brités artistiques et littéraires. Je crois donc que nous devons combattre toute
croyance religieuse comme toute opinion politique qui nous paraît mauvaise;
tout en respectant nos adversaires et en restant unis avec eux sur le terrain
de la loyauté et de la fraternité chrétienne et universelle.

LXXVI

LES MISSIONNAIRES.

Divin Crucifié, toi dont l'amour excite
Ces humbles dévoûments qu'ignore un cœur altier,
Malgré tes ennemis que l'Enfer seul suscite
Ton nom devra bientôt couvrir le monde entier !

Voyez, voyez là-bas sur un esquif fragile
Des voyageurs qui vont sur des climats lointains
Aux païens abrutis annoncer l'Evangile
En affrontant l'horreur de supplices certains

Ils savent quels fléaux ces parages récèlent,
Mais brebis d'un pasteur qui garde son troupeau,
Pour annoncer la foi que leurs vertus décèlent,
Ils portent hardiment un glorieux drapeau !

Le Matérialisme et ses froides doctrines,
Ont-ils jamais produit ce spectacle émouvant?
Non, non, car il éteint dans toutes les poitrines
Le feu sacré qu'allume en nous le Dieu vivant !

Jouir de tous les biens que l'opulence étale,
Se jeter l'œil fermé dans ce gouffre béant,
Détruire de la foi l'influence vitale
Sont le seul idéal de l'homme de néant !

Et lorsque de la mort la sombre messagère
Vient troubler l'insensé d'un appel alarmant,
Il suit de faux amis la route mensongère :
Comme la brute, il meurt, parfois en blasphémant !

LXXVII

A ELLE.

VŒUX ET REGRETS INTIMES.

Oh ! ce n'est pas ainsi que tu perdis la vie,
Toi dont je pleure ici le douloureux départ,
Jésus qui souriait à ton âme ravie,
Dans ce cruel combat fut ton divin rempart !

Oui, je demande au ciel, ô sublime chrétienne,
Qui fus si résignée à tes derniers instants,
Que ma fin puisse un jour ressembler à la tienne
Et que j'en aie aussi de pieux assistants !

Si mes vers ont touché quelque âme qui soupire,
Si l'appel de la grâce a pu les émouvoir,
C'est ta pensée, hélas ! qui m'anime et m'inspire,
Qui seule m'a donné ce consolant pouvoir !

LXXVIII

L'ILLUSION DU CRÉPUSCULE AU CIMETIÈRE.

Voici l'heure où le soir j'attends que tu t'éveilles
Pour venir préparer mon modeste repas,
Et porter avec moi le fardeau de mes veilles,
Mais ta tombe est muette et tu ne parais pas !

Plus je m'éloigne, hélas ! de l'instant redoutable
Où tu quittas mon toit pour n'y plus revenir,
Plus je sens que ce vide affreux, épouvantable,
Doit laisser dans mon âme un cruel souvenir !

Ah ! si j'avais connu la douleur meurtrière
Qui devait m'accabler sans doute pour toujours,
J'aurais aussi voulu terminer ma carrière,
Car vivre seul sans toi c'est mourir tous les jours !

Si j'eus parfois des torts dont le mondain s'excuse:
Un geste, une parole, un oubli d'un moment,
Comme un grand criminel, sans crainte je m'accuse
Et rends tous les mortels témoins de mon tourment ! (1)

(1) « Pour ne rien affecter, plus d'un renonce à être sincère. »
H. BOUCHER.

« Un homme ne devrait jamais avoir honte d'avouer ses torts ; car faire de pareils aveux, c'est dire seulement qu'on est plus sage aujourd'hui qu'on ne l'était hier. »
POPE.

« Toute atteinte à la véracité indique le plus souvent quelque vice secret ou quelque intention coupable que l'on rougirait d'avouer. De là cet attrait singulier qu'exerce la sincérité, parce qu'elle réunit en elle, jusqu'à un certain point, les charmes de toutes les autres qualités dont elle atteste l'existence. »
DUGALD STEWART.

Comme un saint talisman, ton souvenir me garde
Contre un coupable emploi de mes nouveaux loisirs,
Jusqu'au fond de mon cœur ton œil plonge et regarde,
Comme pour en chasser tous les mauvais désirs !

C'est sur mon corps meurtri le funèbre suaire,
Qui doit m'envelopper jusqu'au dernier soupir
Et qui parfois m'attire au fond de l'ossuaire
Où j'aime à me laisser doucement assoupir !

Lorsque tant d'êtres nuls vieillissent et prospèrent,
D'autres, qui sont de tous l'espoir consolateur,
Meurent jeunes ! Voilà des coups qui m'exaspèrent !
Et me feraient douter d'un Dieu réparateur !

Mais non, j'ai mérité le sort dont tu m'accables.
Seigneur, j'ai transgressé tes austères décrets,
Et lorsque j'ai subi ses haines implacables
Je n'ai pas comprimé mes murmures secrets.

LXXIX

Mais le froid à mon tour me saisit, me pénètre,
Je veux voir comme toi les forêts s'embellir,
Mais le plus doux objet qui séduise mon être
C'est l'astre que l'ont vient ici d'ensevelir !

Oui, les échos plaintifs qui charment mon oreille,
La nature étalant ses beautés en tous lieux,
Ne peuvent me causer une ivresse pareille
A celle de te voir apparaître à mes yeux !

Oh! je voudrais au moins t'ouïr une seconde
Pour nous redire encor combien tu nous aimais,
Et moi pour te prouver que ta mort est féconde
En leçons que les tiens ne rénîront jamais !

Je voudrais pour calmer la douleur qui me navre
Avec nos orphelins tomber à tes genoux,
Et comme en te quittant embrasser ton cadavre
En criant avec eux : Seigneur, pardonne-nous !

Peut-être que parfois, malgré bien des défenses,
Les enfants comme moi troublèrent ton repos,
Ou que sans mesurer le prix de nos offenses,
Nous t'avons quelquefois tenu de durs propos (1).

Peut-être quand j'étais brisé de lassitude
Sans pouvoir t'arracher à ce mal effrayant
N'ai-je pas su répondre à ton inquiétude
En te faisant toujours un accueil souriant !

Peut-être qu'en voyant la trace de tes larmes
Quand tu voulais partir pour le sol étranger
N'ai-je pas apaisé tes craintes, tes alarmes,
Et de ton mal compris assez tôt le danger !

(1) Si La Fontaine ne nous avait pas dit son mot spirituel et vrai sur la cruauté innée des enfants, nous l'aurions sans doute appris par notre propre expérience. Pour moi, que ma profession met en rapport avec eux et avec leurs familles, je puis déclarer que je n'en ai pas encore trouvé un seul, même parmi les meilleurs, qui n'ait quelque reproche à se faire à ce sujet.

C'est à vous, jeunes gens, c'est à nous, pères et maris, c'est à vous, mères et épouses, de prévenir ces regrets légitimes en employant le moyen qui est à la portée de tous : du petit comme du grand, du faible comme du fort, de l'ignorant comme du savant, du pauvre comme du riche, et qui se résume, comme une trinité divine et humaine, en trois mots : patience, support et douceur.

Peut-être aurais-je pu dans une autre carrière,
Où l'agio seul fait la fortune et l'honneur,
Depuis longtemps me rendre à ta juste prière,
Et sur des bords plus doux assurer ton bonheur!

Peut-être qu'à l'aspect de ton pâle visage,
Dont l'incarnat subit nous frappait de stupeur,
La science aurait dû m'expliquer ce présage
Et ne pas me tenir un langage trompeur!

Peut-être. Mais hélas! que puis-dire encore?
Pour émouvoir ta cendre aux cris de la douleur,
Et pour que les témoins du mal qui me dévore
S'instruisent à leur tour aux leçons du malheur.

LXXX

A CEUX QUI ONT DES PARENTS MALADES.

O vous tous qui veillez au sein de l'amertume
Sur les êtres souffrants qui réclament vos soins,
De bonne heure prenez la pieuse coutume
De répondre avec joie à leurs nombreux besoins (1).

Car devant nous, hélas! chaque tombe se dresse
Comme un juge cruel dont le glaive acéré
Relève ceux à qui notre plainte s'adresse,
Et frappe sans merci notre cœur ulcéré!

_____

(1) « Si quelqu'un n'a pas soin des siens, et principalement de ceux de sa famille, il a renié la foi et il est pire qu'un infidèle. »   (Marc X, 6-9).

Oui, ceux dont nous avons partagé l'existence
Et que nous avons vus sous nos yeux expirants,
Semblent sur notre front graver cette sentence :
Les morts laissent toujours des regrets déchirants!

LXXXI

LA RÉSIGNATION (1).

O Saint Dispensateur d'une vie éphémère,
Qu'il te plaît d'abréger par des maux infinis,
Ah! loin de murmurer de mon épreuve amère,
Devant toi je m'incline, hélas! et te bénis!

Tu me l'avais donné heureuse, satisfaite,
Et tu l'as rappelée au séjour éternel;
Comme Elle je dirai : Ta volonté soit faite,
Mais entoure les siens de ton bras paternel! (2)

Au revoir, tendre épouse; adieu, mère chérie,
Je vais porter mes pas dans un monde moqueur,
Où pour lui plaire il faut encor que je sourie
Lorsque ton souvenir me déchire le cœur! (3)

---

(1) « La patience est plus difficile que le courage, la résignation plus méritoire que le sacrifice. »
                                      Mᵐᵉ BLANCHECOTTE.
(2) « L'Eternel l'avait donné, l'Eternel l'a ôté, que le nom de l'Eternel soit béni. »
                                      (*Job*, I. 21).
(3) « Tu te lèves le matin, tu t'en vas dans la vallée; de tout côté s'étend un beau ciel d'un azur limpide.
Tu ne sais pas que, pendant que tu dormais, les nuages qui viennent de disparaître ont versé sur la terre une pluie abondante.
Hélas! combien de pauvres êtres qui le matin montrent un visage tranquille et qui toute la nuit ont pleuré! »
                                      J. KŒRNER.

LXXXII

LA VISION.

Oh ! qu'entends-je ? Quel bruit !... Suis-je dans le délire ?
Ciel! la tombe s'entr'ouvre aux feux étincelants
Du ciel qui resplendit entourant une lyre
Qui jette dans les airs ces accords consolants !

LXXXIII

ELLE.

« Ah! ne me pleure pas, ami, je t'en supplie,
Et laisse de la mort le lugubre appareil,
Car tandis que sur toi ton âme se replie,
Je jouis dans les cieux d'un bonheur sans pareil!

« Tu dis que de mes maux le souvenir t'accable,
Mais ne les as-tu pas nuit et jour adoucis?
Accepte donc du ciel l'arrêt irrévocable
Et chasse loin de toi tes éternels soucis!

« Tu t'adresses aussi plus d'un cruel reproche
Comme si vous m'aviez tenu d'amers discours.
As-tu donc oublié combien à votre approche
Je sentais la valeur de votre doux secours?

« Ah! lorsque nous partons pour la rive lointaine
Et que derrière nous restent des voyageurs,
Leur âme, tu l'as dit, inquiète, incertaine,
Succombe en nous suivant à ses regrets rongeurs!

« Je gémis en quittant la terre ravissante
Par ces aspects riants que tu me fis aimer,
Mais j'en ai vu là-haut de plus éblouissante
Et qui pourront bientôt, comme moi, te charmer.

« Oui, toutes les beautés dont le globe se pare :
Les fleuves, l'Océan, les monts vertigineux
Ne sont qu'un doux reflet de celles que prépare
L'Être-Centre-Divin de rayons lumineux !

« Nos parents, nos amis, armée incalculable,
Parcourent avec moi les jardins, les bosquets,
Où pour calmer la faim de l'âme inconsolable
Ils l'attendent au sein de célestes banquets !

« Si l'homme connaissait la joie inépuisable
Dont le Père remplit ses pieux héritiers,
Il se détournerait d'un monde méprisable
Qui l'égare au travers de ténébreux sentiers !

« O vous qui révérez ma dépouille flétrie
Et toi qui révélas ce dernier entretien,
Voulez-vous me revoir dans une autre patrie?
Portez tous dignement le titre de chrétien !

« Lorsqu'avec nos enfants tu parcours la campagne,
Ou quand' près de mes os tu diriges leurs pas ,
Comme un ange gardien mon esprit t'accompagne
Et doit te soutenir à l'heure du trépas ! »

LXXXIV

MOI.

LE BAISER D'UN ANGE.

Elle dit, et soudain une main bien connue
Serra la mienne au bord du marbre étincelant,
Et tandis que mes yeux la cherchaient dans la nue,
Mon front s'illuminait de son baiser brûlant !

FIN DE L'ÉPOUSE. — ELLE ET MOI.

LA MÈRE.

LA TOMBE DE MA MÈRE (1).

I

O vous qui gémissez sous le poids du malheur,
Vous qui n'avez jamais connu que la douleur,
Vous qui jeunes encore, avez vu sur vos têtes
Les autans furieux déchaîner les tempêtes ;
Vous qui de grands trésors, recueillant les débris,
Redoutez de vous voir sans soutiens, sans abris,
Vous à qui le destin ravit le sort prospère
D'avoir pour vous guider un bon et tendre père ;
Vous qui par vos soupirs et vos yeux presque éteints,
Dévoilez les tourments dont vos cœurs sont atteints ;
Vous, enfin, qu'attendrit une muse plaintive,
Prêtez à mes accents une oreille attentive,
Car dans le sombre empire où s'arrêtent mes pas
Je vais chanter l'horreur d'un funeste trépas !

(1) Cette pièce a été abrégée par l'auteur.

8

II

Des ronces que domine une croix isolée,
Sur le bord d'un chemin forment un mausolée,
Le burin y traça quelques mots abrégés
Que les vers et la rouille auront bientôt rongés.
Jours qui vous écoulez comme une ombre éphémère
De grâce respectez la tombe de ma mère !
Laissez croître un cyprès, laissez croître des fleurs.
Et ne détruisez pas la source de mes pleurs !

Ma mère ! C'est ton fils, c'est sa voix attendrie
Qui rappelle aujourd'hui ta mémoire chérie ;
Vois depuis cinq printemps, la nuit comme le jour,
Il erre en te pleurant, dans ce triste séjour.
Et quand la mort viendra terminer sa carrière
Il mêlera ton nom à son humble prière !

III

Autrefois à mes ris, ma mère, tu riais,
Autrefois à mes pleurs, ma mère, tu pleurais ;
Et lorsque ton regard devenait trop sévère,
Soudain par un baiser j'apaisais ta colère ;
Mais le marbre insensible à mes gémissements
Te ravit désormais à mes embrassements !

Si je porte mes yeux sur les pages bénies
Où tu me dépeignais tes douleurs infinies,

Je lis encor ces mots que ta main me traçait
Lorsque vers toi la mort à grands pas s'avançait
« O mon fils, si pour toi l'existence est amère
Viens, tu seras heureux dans les bras de ta mère. »

. . . .

Je partis, et bientôt sur ton sein palpitant.
Tu me pressas... O ciel! Que dis-je en cet instant :
Il me semble la voir là-bas, oui, oui, c'est elle !
J'entends encor ses cris et sa voix qui m'appelle...
. . . .
Non, je n'entends plus rien, elle est morte, elle est là
Sous ces objets de deuil que ma main rassembla,
Elle est là, je l'ai vue, et mes doigts l'ont touchée ;
J'ai vu dans le cercueil sa dépouille couchée.
J'ai vu sans expirer ses yeux creusés, ouverts,
Ses ossements épars de sable recouverts,
Et quand j'ai contemplé ce spectacle effroyable
J'ai compris la rigueur d'un sort impitoyable ! (1)

IV

O néant! ô mystère! où tout va s'engloutir
Et que l'esprit humain ne peut approfondir !
O souvenir d'horreur! O souffrance cruelle !
Ce n'était plus ma mère, et pourtant c'était elle !!

(1) Cinq ans après le décès j'avais fait exhumer ses restes pour les déposer dans un caveau, mais diverses circonstances m'ont empêché de réaliser ce projet.

Et depuis cet instant que de mortels ennuis,
Que de pleurs répandus durant ces longues nuits
Où son ombre planant sur ma funèbre couche,
Je croyais voir ma mère, entendre de sa bouche
Ces mots si consolants : O mon fils, viens, c'est moi »
Ma mère ! m'écriais-je, oui, mon Dieu, c'est bien toi !
Et cherchant à saisir son fantôme livide,
Je voulais l'embrasser, mais j'embrassais le vide !

Un soir je m'endormis encore en la pleurant,
Bientôt parmi les morts j'errais en soupirant,
Mes yeux interrogeaient tous les noirs cénotaphes
Cherchant un nom aimé parmi les épitaphes,
Tout à coup aux rayons de funèbres flambeaux
J'aperçus des vivants debout sur les tombeaux.
Là, mon regard avide entrevit une femme
Dont le maintien jeta le trouble dans mon âme.
Je m'avançai vers elle et ma tremblante voix
Ne put que s'écrier : O ciel! je la revois !
J'étais muet, ma mère en essuyant ses larmes
Me dit : O mon enfant, bannissons nos alarmes,
Tes frères et tes sœurs sur mes pas accourus
Vont célébrer ici nos beaux jours reparus !

V

O douce illusion, prolonge ta durée,
Laisse moi contempler cette mère adorée,
Laisse couler mes pleurs sur mon front ranimé,
Car je l'aimais, hélas! et j'en étais aimé !

VI

Mais comme toute joie est ici passagère,
L'ombre qui me sourit s'enfuit triste, légère,
Et lorsque je m'éveille, hélas! en la nommant
Je vois que j'ai versé des pleurs même en dormant!

VII

Si je vois une femme au front couvert de rides
Que rongent les soucis et les travaux arides,
Si je lis sur ses traits l'outrage du malheur
Et si dans son œil terne où se peint la douleur,
Je crois trouver encor sa douce ressemblance,
Je sens battre mon cœur, vers elle je m'élance;
Interdit, je l'admire et m'attache à ses pas
En répandant de pleurs qu'elle ne comprend pas!

Mais lorsque cette femme est une pauvre mère
Sous de sombres haillons que ronge la misère
Je m'arrête et, voulant adoucir son destin,
Je lui donne, discret, un métal argentin;
Je la vois s'éloigner, gémissante, plaintive,
Et bientôt sur ma joue une larme furtive
Qu'il me faut dérober aux regard des passants
Vient soulager les poids de mes maux incessants!

VIII

Repose sous la tombe, ô mère infortunée !
Tandis qu'à te pleurer ma vie est condamnée !
Oui, oui, repose en paix et ton fils malheureux
Viendra souvent gémir dans ces funèbres lieux.

IX

Ah ! si ma mort pouvait te rendre à l'existence
J'accepterais ce sort avec reconnaissance,
Seulement je prîrais le ciel avec ferveur
Afin qu'il m'accordât au moins cette faveur :
Qu'avant de succomber ma main serrât la tienne,
Et que ta bouche encor se pressât sur la mienne
Et que je pusse entendre, avant de m'immoler,
Ta voix qui tant de fois a su me consoler !

Quel serait mon bonheur !... O trompeuse chimère !

Il n'est donc plus d'espoir de te revoir, ma mère ?...

Non, non, il n'est plus temps, sanglots, pleurs, vœux, soupirs,
Déchirements de cœur, prières, repentirs,
Rien ne pourra jamais te rendre à l'existence.
Coulez mes pleurs, coulez, soulagez ma souffrance ;
Coulez, car c'en est fait, je ne la verrai plus,
Coulez, car mes regrets sont vains et superflus !!
Superflus... mot fatal. Oh ! comment le redire
Sans que ma bouche, ô Dieu, s'ouvre pour le maudire !

X

O vous, mes vrais amis, près, forêts, arbrisseaux,
Ruines, horizons, montagnes, clairs ruisseaux,
Vous tous qui tarissiez la source de mes larmes,
Tout est perdu... Perdez vos beautés et vos charmes.
Sous mes pas orageux rassemblez les écueils,
N'offrez plus à mes yeux que cyprès, que cercueils,
Anéantisez-vous dans un immense abîme !

. . . .

Mais quel espoir soudain m'éclaire, me ranime,
O ma mère, pardonne ! oui, je te reverrai ;
Tôt ou tard dans le ciel je te retrouverai !

XI

Adieu, croix isolée ; adieu, lieu solitaire ;
Adieu, mère chérie ; adieu, roc funéraire ;
Je reviendrai demain pleurer sous tes cyprès
En proie à ma douleur à mes justes regrets !!!

FIN DE : L'ÉPOUSE ET LA MÈRE. — ELLE ET MOI.

APPEL

A LA FRANCE ET AUX NATIONS (1).

—

(FRAGMENT.)

—

. . . .

« Oui, que sur les tyrans vos bras s'appesantissent,
Et pour les accabler de vos justes mépris,
Que ces éclats de foudre au lointain retentissent :
Aux armes ! Marseillais, à Paris ! à Paris !

« Voulez-vous tous grandir dans cette guerre impie,
Jeunes gens, plus de jeux, plus de chants, plus de ris,
Dites, en ranimant votre ardeur assoupie :
Aux armes ! Marseillais ! à Paris ! à Paris !

« Voulez-vous préserver votre ville chérie
De ces loups qui viendront dévorer vos abris,
Jeunes filles, criez partout avec furie :
Aux armes ! Marseillais ! à Paris ! à Paris !

(1) Ainsi que nous l'avons dit, ces poésies nationales ont été lues par l'auteur pendant la guerre, et au profit des blessés, au siége de la *Ligue de
l'Enseignement* et dans d'autres réunions publiques.

« Voulez-vous conserver les fruits de vos entrailles,
Mères qui les avez dans les larmes nourris,
Faites entendre au loin ce bruit de funérailles :
Aux armes ! Marseillais ! à Paris ! à Paris !

« Voulez-vous qu'aujourd'hui l'Univers applaudisse
Aux exploits de vos fils, avant l'âge mûris,
Que votre noble exemple aussi les enhardisse
A redire sans crainte : Aux armes ! à Paris !

« Voulez-vous garantir du fer, de l'incendie,
Vos maisons, vos châteaux, vos bois, vos champs fleuris ?
Frappez l'écho plaintif de cette mélodie :
Aux armes ! Marseillais ! à Paris ! à Paris !

« Voulez-vous vous garder du crime attentatoire
Dont ces lâches amants ont le cœur trop épris,
Epouses, répondez à ce chant de victoire :
Aux armes ! Marseillais ! à Paris ! à Paris !

« Voulez-vous conserver les deux riches contrées
Où sont tombés vos sœurs, vos frères, vos maris ?
Marseillaises jadis sous César illustrées,
Aux armes ! et volez pour défendre Paris !

« Voulez-vous ramener des jours heureux, prospères
Francs-tireurs, soyez tous pour la lutte aguerris,
Debout ! Et répétez comme autrefois vos pères :
Aux armes ! Marseillais ! à Paris ! à Paris !

« Voulez-vous que notre hymne ardent, patriotique,
Qui naguère excitait nos bravos, nos souris,
Révèle à l'étranger votre courage antique ?
Faites-le retentir sous les murs de Paris !

« Voulez-vous que la Prusse insensible , farouche,
Soit par l'histoire un jour clouée au pilori ,
Mobiles. qu'un seul cri sorte de votre bouche :
Aux armes! Marseillais! à Paris! à Pari!

« Voulez-vous que la France aussi reconnaissante
Vous doive son salut et bien des pleurs taris?
Soldats , répondez tous à cette voix puissante :
Aux armes! Marseillais! à Paris! à Paris!

« Voulez-vous que l'Europe , à cette heure interdite,
En croyant que partout nos bravos sont péris ,
Vous admire , et flétrisse une race maudite?
Criez tous : Marseillais! aux armes! à Paris?

« Voulez-vous que le Nord radieux vous contemple
En voyant que par vous tous ses maux sont guéris!
Que la pierre , le sol , le théâtre , le temple
Chantent ce beau refrain : Aux armes! à Paris!

« Voulez-vous établir sur sa base féconde
Le pouvoir élévé sur le trône en débris?
Que le Midi se lève enfin et qu'il seconde
Tous ceux qui vont partir pour délivrer Paris! »

. . .   .
. . . .

A MON POÈME

—

(FRAGMENT DE : *UN ÉCHO DU DÉSERT.*)

—

Va mon cher petit livre
Dans les sentiers divers
Où Jésus nous délivre
Du poids de nos revers.

Sois dans le sanctuaire
Aux héros consacré,
La page mortuaire
Où brille un nom sacré !

Fuis la foule idolâtre
D'un monde plein d'écueils
Qui rit, danse et folâtre
Autour de ses cercueils.

Va sur le Mausolée,
Où l'orphelin souvent
Voit une ombre isolée
Errer au gré du vent.

Si c'est un père en larmes
Couvert d'un noir linceul,
Dis-lui qu'en ses alarmes
Il ne reste pas seul.

Et toi qu'attend la flamme
Qui doit te consumer,
Livre, écho de mon âme,
Que Dieu fit pour aimer.

Marche avec l'assurance
De défier le temps,
Car comme la souffrance
Tu dureras longtemps!

Lorsque la maladie
Assombrissait mes jours,
Ta douce mélodie
Me ranimait toujours.

Et ce bonheur sans trève
Dont je savais jouir
Doit donc comme un doux rêve
Bientôt s'évanouir.

Car pour suivre ta route
Il faut bien consentir,
Hélas! quoiqu'il m'en coûte
A te laisser partir! (1)

. . . .

. . . .

(1) Cette pièce étant fort longue, ainsi que le poëme, je n'en ai transcrit ici qu'une partie.

TABLE.

LA MÈRE.

APPEL

A MON POÈME

www.ingramcontent.com/pod-product-compliance
Lightning Source LLC
Chambersburg PA
CBHW051551280626
47162CB00022B/1688